卞尺丹几乙し丹卞と
Translated Language Learning

The Metamorphosis

مسخ

Franz Kafka

English / فارسی

Copyright © 2024 Tranzlaty
All rights reserved
Published by Tranzlaty
ISBN: 978-1-83566-496-4
Original text: Die Verwandlung, by Franz Kafka (1915)
www.tranzlaty.com

Part One
بخش اول

When Gregor Samsa awoke one morning from troubled dreams, he found himself transformed in his bed into a monstrous vermin

هنگامی که گرگور سامسا یک روز صبح از خواب های پریشان بیدار شد، خود را در رختخواب خود به یک حیوان موذی هیولا تبدیل کرد.

He lay on his armour-like hard back

روی پشت سخت زره مانندش دراز کشید

and he saw, if he lifted his head a little, his domed, brown belly divided by arched stiffeners

و دید که اگر کمی سرش را بلند کند، شکم گنبدی و قهوه ای رنگش با سفت کننده های قوسی تقسیم شده است.

because the belly, at the height of which the blanket, ready to slide down completely, could hardly hold

زیرا شکمی که در ارتفاع آن پتو آماده لغزش کامل به پایین بود، به سختی می توانست آن را نگه دارد.

His many legs, pitifully thin compared to his usual size, flickered helplessly before his eyes

پاهای زیادش که به طرز تاسف باری در مقایسه با اندازه معمولش لاغر بودند، بی اختیار جلوی چشمانش سوسو می زدند.

»What has happened to me?« he thought

او فکر کرد: "چه اتفاقی برای من افتاده است؟"

But it was not a dream

اما این یک رویا نبود

His room, a real human room, just a little too small, lay quietly between the four well-known walls

اتاق او، یک اتاق انسانی واقعی، کمی خیلی کوچک، بی سر و صدا بین چهار دیوار معروف قرار داشت.

Above the table, on which a disassembled collection of cloth samples was spread out, hung the picture

بالای میزی که مجموعه‌ای از نمونه‌های پارچه‌ای جدا شده روی آن پهن شده بود، تصویر را آویزان کرده بود

Samsa was a traveller and therefore had the sample collection of cloth goods

سمسا مسافر بود و به همین دلیل مجموعه نمونه اجناس پارچه ای را در اختیار داشت

the picture he had recently cut out of an illustrated magazine

عکسی که اخیراً از یک مجله مصور بریده بود

and he had placed the picture in a pretty, gilded frame

و عکس را در یک قاب زیبا و طلاکاری شده قرار داده بود

The picture depicted a lady

تصویر یک خانم را نشان می داد

a lady sitting upright wearing a fur hat and a fur boa

خانمی که راست نشسته و کلاه خز و بوآ خز به سر دارد

a lady with a heavy fur muff, in which her entire forearm had disappeared, raised towards the viewer

خانمی با ماف سنگین خز که تمام ساعدش ناپدید شده بود به سمت بیننده بلند شد

Gregor then looked towards the window, and the dull weather

گرگور سپس به سمت پنجره و هوای کسل کننده نگاه کرد

you could hear raindrops hitting the window

می توانستی بشنوی که قطرات باران به پنجره برخورد می کند

the weather made him very melancholic

آب و هوا او را بسیار مالیخولیایی کرده بود

How about if I sleep a little longer and forget all this nonsense, he thought

فکر کرد اگر کمی بیشتر بخوابم و این همه مزخرفات را فراموش کنم چه می شود

but that was completely unfeasible

اما این کاملا غیر ممکن بود

because he was used to sleeping on his right side

چون عادت داشت به پهلوی راست بخوابد

but in his current state he could not bring himself into this position

اما در وضعیت فعلی نتوانست خود را به این موقعیت برساند

No matter how hard he threw himself onto his right side, he always rocked back into the supine position

مهم نیست که چقدر خود را به سمت راست می‌اندازد، همیشه به حالت خوابیده به پشت تکان می‌خورد

He probably tried it a hundred times

احتمالاً صد بار امتحان کرده است

he closed his eyes so as not to see the fidgeting legs

چشمانش را بست تا پاهای بی قرار را نبیند

and he only stopped when he began to feel a slight, dull pain in his side that he had never felt before

و تنها زمانی متوقف شد که دردی خفیف و مبهم را در پهلویش احساس کرد که قبلاً هرگز آن را احساس نکرده بود

Oh God, he thought, "what a strenuous profession I have chosen!"

خدایا فکر کرد چه حرفه سختی انتخاب کردم!

Day in, day out on the journey

روز به روز در سفر

The business excitement is much greater than in the actual business at home

هیجان کسب و کار بسیار بیشتر از تجارت واقعی در خانه است

and besides, I have this plague of travelling

و علاوه بر این، من این آفت سفر را دارم

the worries about train connections and the irregular, bad food

نگرانی در مورد اتصالات قطار و غذای نامنظم و بد

an ever-changing, never permanent, never warm human interaction

یک تعامل انسانی همیشه در حال تغییر، هرگز دائمی، هرگز گرم

"Let the Devil have it all!"

"بگذارید شیطان همه چیز را داشته باشد!"

He felt a slight itch on the top of his stomach

خارش خفیفی روی شکمش احساس کرد

he slowly moved on his back closer to the bedpost

به آرامی روی پشتش به میله تخت نزدیک شد

to be able to lift the head better

تا بتوانیم سر را بهتر بلند کنیم

he found the itchy spot, which was covered with small white dots

او نقطه خارش دار را پیدا کرد که با نقاط سفید کوچک پوشیده شده بود

small white dots that he could not judge

نقاط سفید کوچکی که نمی توانست قضاوت کند

and he wanted to touch the spot with one leg
و می خواست با یک پا آن نقطه را لمس کند
but he immediately pulled his leg back
اما بلافاصله پایش را به عقب کشید
because when he touched the sport, he felt a chill
چون وقتی ورزش را لمس کرد، احساس سرما کرد
He slipped back into his previous position
او به موقعیت قبلی خود بازگشت
"Waking up so early," he thought, "makes one quite stupid."
او فکر کرد: «اینقدر زود بیدار شدن، آدم را کاملا احمق می‌کند.»
"Man must have his sleep"

انسان باید بخوابد

»Other travelers live like harem women«
«سایر مسافران مانند زنان حرمسرا زندگی می کنند»
»In the morning I transfer the orders I received«
"صبح سفارشاتی را که دریافت کردم منتقل می کنم"
»at this time these gentlemen are just having breakfast«
"در این زمان این آقایان فقط صبحانه می خورند"
»I should try that with my boss«
"باید این کار را با رئیسم امتحان کنم"
»I would be thrown out immediately«
"فوراً بیرون پرت می شوم"
»but who knows whether that wouldn't be very good for me.«
"اما چه کسی می داند که آیا این برای من خیلی خوب نیست."
If I hadn't been held back because of my parents, I would have quit long ago
اگر به خاطر پدر و مادرم بازداشته نمی شدم، خیلی وقت پیش ترک می کردم
I would have stood up to the boss and told him my opinion from the bottom of my heart
من در مقابل رئیس می ایستادم و نظرم را از صمیم قلب به او می گفتم
»He should have fallen off the desk!«
"او باید از روی میز می افتاد!"
»It is also a strange way to sit on the desk«
«روی میز نشستن هم روش عجیبی است»

»and it is also a strange way of speaking down to the employee«
"و همچنین روشی عجیب برای صحبت کردن با کارمند است"
»Because of the boss's hearing loss, you have to get very close«
"به دلیل کم شنوایی رئیس، شما باید خیلی نزدیک شوید"
»Well, hope is not completely lost yet«
"خب، هنوز امید به طور کامل از بین نرفته است"
»Once I have the money to pay off my parents' debt to him, I will definitely do it«
"وقتی پولی برای پرداخت بدهی پدر و مادرم به او داشته باشم، حتما این کار را خواهم کرد"
»It will probably take another five to six years«
«احتمالاً پنج تا شش سال دیگر طول خواهد کشید»
»Then the big seperation will be made«
"سپس جدایی بزرگ انجام خواهد شد"
»For the time being, however, I must get up«
"اما فعلاً باید بلند شوم"
»because my train leaves at five«
"زیرا قطار من ساعت پنج حرکت می کند"
And he looked over at the alarm clock ticking on the box
و به ساعت زنگ دار که روی جعبه تیک تاک می کرد نگاه کرد
»Heavenly Father!« he thought
او فکر کرد: «پدر آسمانی!»
It was half past six and the hands moved quietly forward
ساعت شش و نیم بود و دست ها بی سر و صدا به جلو حرکت کردند
even half past six had already come and gone
حتی شش و نیم هم آمده بود و رفته بود
it was already approaching a quarter to Seven
ساعت به یک ربع به هفت نزدیک شده بود
Maybe the alarm didn't ring?
شاید زنگ زنگ نخورد؟
You could see from the bed that the alarm clock was correctly set for four o'clock
از روی تخت می شد فهمید که ساعت زنگ دار به درستی برای ساعت چهار تنظیم شده است
surely the alarm clock had rung

مطمئنا زنگ ساعت زنگ زده بود
Yes, but was it possible to sleep through that furniture-shaking ringing?
بله، اما آیا خوابیدن از طریق آن زنگ مبلمان ممکن بود؟
Well, he had not slept peacefully, but probably all the deeper
خوب، او آرام نخوابیده بود، اما احتمالاً عمیق تر
But what should he do now?
اما حالا باید چه کار کند؟
The next train didn't leave until seven o'clock
قطار بعدی تا ساعت هفت حرکت نکرد
to catch up with the train, he would have had to hurry senselessly
برای رسیدن به قطار، باید بیهوده عجله می کرد
and the sample collection of cloth goods was not yet packed
و مجموعه نمونه اجناس پارچه ای هنوز بسته بندی نشده بود
and he himself did not feel particularly fresh and agile
و خود او احساس شادابی و چابکی خاصی نداشت
And even if he caught up with the train, a scolding from the boss was inevitable
و حتی اگر به قطار برسد، سرزنش رئیس اجتناب ناپذیر بود
because the clerk had been waiting for the five o'clock train and had long since reported his absence
چون کارمند منتظر قطار ساعت پنج بود و مدتها بود که غیبتش را گزارش کرده بود
It was a creature of the boss, without backbone and sense
این موجودی از رئیس بود، بدون ستون فقرات و عقل
What if he called in sick?
اگه مریض زنگ بزنه چی؟
But that would be extremely embarrassing and suspicious
اما این بسیار شرم آور و مشکوک خواهد بود
because Gregor had not been ill once during his five years of service
زیرا گرگور در طول پنج سال خدمت خود یک بار بیمار نشده بود
Surely the boss would come with the health insurance doctor
مطمئناً رئیس با دکتر بیمه سلامت می آید

he would blame the parents for their lazy son

والدین را به خاطر پسر تنبلشان سرزنش می کرد

and he would cut off all objections by referring to the health insurance doctor

و با مراجعه به پزشک بیمه سلامت همه اعتراضات را قطع می کرد

for him there are only completely healthy, but work-shy people

برای او فقط افراد کاملاً سالم، اما خجالتی کار وجود دارد

And, in all fairness, would he be completely wrong in this case?

و انصافاً آیا او در این مورد کاملاً اشتباه می کند؟

Gregor actually felt quite well

گرگور در واقع احساس خوبی داشت

apart from a really unnecessary drowsiness after the long sleep

جدا از یک خواب آلودگی واقعا غیر ضروری بعد از خواب طولانی

and he even had a particularly strong hunger

و حتی گرسنگی شدیدی داشت

As he thought about all this in great haste, the alarm clock struck a quarter to seven

در حالی که با عجله به همه اینها فکر می کرد، ساعت زنگ دار یک ربع به هفت زده شد

and there was a gentle knock on the door at the head of his bed

و به آرامی در سر تختش زد

"Gregor," someone called – it was the mother – "it's a quarter to seven."

یکی صدا زد: "گرگور" - مادرش بود - "ساعت یک ربع به هفت است."

»Didn't you want to leave?« asked the gentle voice

صدای ملایم پرسید: «نمی خواستی بروی؟»

Gregor was frightened when he heard his answering voice

گرگور با شنیدن صدای پاسخگوی او ترسید

the voice was unmistakably his former

صدا بدون شک سابق او بود

but in the voice, as if from below, a painful squeak had been mixed in

اما در صدا، انگار از پایین، صدای جیر جیر دردناکی در میان بود
Only at first did the voice seem to form words with some clarity
فقط در ابتدا به نظر می رسید که صدا کلمات را با کمی وضوح تشکیل می دهد
but in the mental echo the voice broke in such a way that one did not know whether one had heard correctly
اما در پژواک ذهنی صدا به گونه ای شکست که فرد نمی دانست که آیا درست شنیده است یا خیر
Gregor wanted to answer in detail and explain everything
گرگور می خواست با جزئیات پاسخ دهد و همه چیز را توضیح دهد
but in these circumstances he limited himself to saying:
اما در این شرایط به گفتن اکتفا کرد:
»Yes, yes, thank you, mother, I'm already up«
"بله، بله، متشکرم، مادر، من قبلاً بیدار هستم"
Because of the wooden door, the change in Gregor's voice was probably not noticeable outside
به دلیل در چوبی، احتمالاً تغییر صدای گرگور در بیرون قابل توجه نبود
because the mother calmed herself down with this explanation and slurped away
چون مادر با این توضیح خودش را آرام کرد و هول کرد
But the little conversation had caught the attention of the other family members
اما این گفتگوی کوچک توجه سایر اعضای خانواده را به خود جلب کرده بود
Gregor was still at home and did not go to work
گرگور هنوز در خانه بود و سر کار نمی رفت
and the father knocked on the side door, weakly, but with his fist
و پدر ضعیف اما با مشت به در بغل زد
Gregor, Gregor, he cried, "what is it?"
گرگور، گرگور، گریه کرد، "چیه؟"
And after a little while he warned again in a deeper voice: "Gregor! Gregor!"
و بعد از مدتی دوباره با صدای عمیق تر هشدار داد: "گرگور!
But at the other side door the sister inquired quietly:
اما در آن طرف، خواهر به آرامی پرسید:

Gregor? Are you not well? Do you need something?

گرگور؟ خوب نیستی؟ آیا چیزی نیاز دارید؟

Gregor answered both sides: »I'm already finished«

گرگور به هر دو طرف پاسخ داد: "من قبلاً تمام شده ام"

and he strove to remove everything that was conspicuous by the most careful pronunciation

و سعی کرد با دقیق ترین تلفظ هر چیزی را که به چشم می آمد حذف کند

The father also returned to his breakfast

پدر هم به صبحانه اش برگشت

But the sister whispered: "Gregor, open up, I beg you"

اما خواهر زمزمه کرد: "گرگور، در را باز کن، من به تو التماس می کنم."

But Gregor had no intention of opening

اما گرگور قصد باز کردن را نداشت

instead he praised himself for the caution he had acquired while travelling

در عوض خود را به خاطر احتیاط‌هایی که در سفر کرده بود تحسین کرد

he has learned to lock all doors at home too, during the night

او یاد گرفته است که تمام درهای خانه را نیز در طول شب قفل کند

First he wanted to get up and get dressed quietly and undisturbed

اول می خواست بلند شود و آرام و بدون مزاحمت لباس بپوشد

and then he wanted to have breakfast

و بعد می خواست صبحانه بخورد

and only then did he want to consider the situation further

و تنها پس از آن او می خواست وضعیت را بیشتر در نظر بگیرد

because he knew that in bed he would not come to any sensible conclusion by thinking about it

زیرا می دانست که در رختخواب با فکر کردن در مورد آن به هیچ نتیجه معقولی نمی رسد

he had often felt slight pain caused by perhaps awkward lying

او اغلب درد خفیفی را احساس می کرد که ناشی از دروغ گفتن ناشیانه بود

Pain that turned out to be pure imagination when getting up
دردی که هنگام برخاستن معلوم شد تخیل محض است
and he was curious to see how his current ideas would gradually dissolve
و او کنجکاو بود که ببیند چگونه ایده های فعلی او به تدریج از بین می رود
Perhaps the change in voice was nothing more than the harbinger of a severe cold
شاید تغییر صدا چیزی نبود جز منادی سرماخوردگی شدید
He had no doubt about it
او هیچ شکی در آن نداشت
it was just an occupational disease of the travelers
این فقط یک بیماری شغلی مسافران بود
Throwing off the blanket was easy
انداختن پتو آسان بود
he just had to inflate himself a little and the blanket fell by itself
او فقط مجبور شد کمی خود را باد کند و پتو خود به خود افتاد
But it continued to be difficult, especially because he was so incredibly wide
اما همچنان دشوار بود، به خصوص به این دلیل که او بسیار گشاد بود
He would have needed arms and hands to stand up
او برای ایستادن به بازو و دست نیاز داشت
but instead of arms and hands he only had lots of little legs
اما به جای بازوها و دستان او فقط تعداد زیادی پاهای کوچک داشت
Legs that were constantly in various movements
پاهایی که مدام در حرکات مختلف بودند
Legs that he could not control
پاهایی که نمی توانست کنترل کند
If he wanted to bend one of his legs, it was the first one that stretched
اگر می خواست یکی از پاهایش را خم کند، اولین پایی بود که کشید
When he finally managed to do what he wanted with this leg, the other legs started to twitch
وقتی بالاخره توانست با این پا کاری را که می خواست انجام دهد، پاهای دیگر شروع به تکان خوردن کردند

Meanwhile, all the other legs moved as if they had been released, in extreme, painful excitement.

در همین حین، تمام پاهای دیگر با هیجانی شدید و دردناک، طوری حرکت می کردند که گویی رها شده بودند.

"Just don't stay in bed for no reason," Gregor said to himself.

گرگور با خود گفت: "فقط بی دلیل در رختخواب نمانید."

First he wanted to get out of bed with the lower part of his body

اول می خواست با قسمت پایین بدنش از رختخواب بلند شود

but this lower part, which he had not yet seen, proved to be too difficult to move

اما ثابت شد که این قسمت پایینی که هنوز آن را ندیده بود حرکت دادن آن خیلی سخت است

Finally, almost wild, with all his strength, he pushed himself forward without hesitation

در نهایت تقریباً وحشی با تمام قدرت خود را بدون معطلی به جلو هل داد

but he had chosen the wrong direction to push forward

اما او مسیر اشتباهی را برای پیشبرد انتخاب کرده بود

and he hit the lower bedpost violently

و با خشونت به میله تخت پایینی برخورد کرد

the burning pain he felt taught him a lesson

درد سوزشی که احساس کرد به او درسی داد

The lower part of his body was perhaps the most sensitive

قسمت پایین بدنش شاید حساس ترین قسمت بود

He therefore tried to get his upper body out of bed first

بنابراین سعی کرد ابتدا قسمت بالایی بدن خود را از تخت بیرون بیاورد

and he carefully turned his head towards the edge of the bed

و با احتیاط سرش را به سمت لبه تخت چرخاند

This cautious movement was also easy for him

این حرکت محتاطانه نیز برای او آسان بود

and despite its width and weight, the body mass slowly followed the turn of the head

و با وجود عرض و وزن، توده بدن به آرامی چرخش سر را دنبال کرد

But when he finally held his head out of bed in the open air, he became afraid

اما وقتی بالاخره سرش را در هوای آزاد از تخت بیرون آورد، ترسید

advancing further in this way could be dangerous
پیشروی بیشتر در این راه می تواند خطرناک باشد
because if he let himself fall like that, a miracle would have to happen if his head was not to be injured
زیرا اگر او به خود اجازه می داد اینطور بیفتد، اگر سرش زخمی نمی شد باید معجزه رخ می داد
And he could not lose his composure at any cost, especially now
و به هیچ قیمتی نمی توانست آرامش خود را از دست بدهد، مخصوصاً الان
He decided he would rather stay in bed
او تصمیم گرفت که ترجیح دهد در رختخواب بماند
But then, after the same effort, he lay there again, sighing, as before
اما بعد از همان تلاش دوباره همان جا دراز کشید و مثل قبل آه کشید
and again his little legs would probably fight against each other even more
و دوباره پاهای کوچکش احتمالاً بیشتر با هم می جنگند
he saw no way to bring peace and order out of this chaos
او هیچ راهی برای بیرون آوردن صلح و نظم از این هرج و مرج نمی دید
he told himself again that he could not possibly stay in bed
او دوباره به خود گفت که نمی تواند در رختخواب بماند
and he thought that the most sensible thing to do was to sacrifice everything
و او فکر می کرد که معقول ترین کار این است که همه چیز را قربانی کند
it would be worth it if there was even the slightest hope of getting out of bed
اگر حتی کوچکترین امیدی برای بلند شدن از رختخواب وجود داشت ارزشش را داشت
At the same time, however, he did not forget to remember something
اما در عین حال فراموش نکرد چیزی را به خاطر بیاورد
Much better than desperate decisions are calm reflections
انعکاس آرام بسیار بهتر از تصمیمات ناامیدانه است

At such moments he focused his eyes as sharply as possible on the window

در چنین لحظاتی چشمانش را با تیزترین حالت ممکن روی پنجره متمرکز می کرد

but unfortunately the sight of the morning mist brought little confidence and cheer

اما متأسفانه دیدن مه صبحگاهی اعتماد به نفس و شادی کمی به همراه آورد

the morning mist even covered the other side of the narrow street

مه صبحگاهی حتی آن طرف خیابان باریک را پوشانده بود

It's already seven o'clock, he said to himself as the alarm clock rang again

با خود گفت که ساعت هفت است که دوباره زنگ ساعت به صدا درآمد

»It's already seven o'clock and there's still such fog«

"ساعت هفت است و هنوز هم چنین مه وجود دارد"

And for a while he lay quietly with weak breathing

و مدتی آرام با نفس های ضعیف دراز کشید

as if he perhaps expected the return of real and self-evident conditions from the complete silence

گویی شاید انتظار بازگشت شرایط واقعی و بدیهی را از سکوت کامل داشت

But then he said to himself: "Before the clock strikes quarter part seven, I absolutely must be completely out of bed."

اما بعد با خود گفت: قبل از اینکه ساعت به ربع هفتم برسد، من باید کاملاً از رختخواب بیرون بیایم.

»By then, someone from the office will come to ask for me.«

"تا آن زمان، یکی از دفتر می آید تا مرا بخواهد."

»because the office opens before seven o'clock«

"چون دفتر قبل از ساعت هفت باز می شود"

And he now set about rocking his body out of the bed in its entire length, completely evenly

و او اکنون شروع به تکان دادن بدن خود از تخت در تمام طول آن، کاملاً یکنواخت کرد

If he fell out of bed in this way, his head would probably remain uninjured

اگر به این شکل از رختخواب بیرون می‌افتاد، احتمالاً سرش صدمه‌ای ندیده باقی می‌ماند

because he wanted to raise his head sharply when he fell

چون می خواست وقتی افتاد سرش را تند بالا بیاورد

The back seemed hard

پشت سخت به نظر می رسید

nothing would happen to the back if he fell onto the carpet

اگر روی فرش بیفتد هیچ اتفاقی برای پشتش نمی افتد

His greatest concern was the loud noise

بزرگترین نگرانی او صدای بلند بود

the crash that would occur would probably frighten everyone behind the doors

تصادفی که رخ می دهد احتمالاً همه پشت درها را می ترساند

and if not terror, it would still cause concern

و اگر وحشت نباشد، باز هم باعث نگرانی خواهد شد

But the risk of attracting attention had to be taken

اما خطر جلب توجه باید پذیرفته می شد

the new method was more of a game than an effort

روش جدید بیشتر یک بازی بود تا یک تلاش

he only had to rock jerkily

او فقط باید تند تند تکان بخورد

When Gregor was already halfway out of bed, something occurred to him

وقتی گرگور تا نیمه از تخت بیرون آمده بود، چیزی به ذهنش رسید

how easy everything would be if someone came to his aid

اگر کسی به کمک او می آمد چقدر همه چیز آسان می شد

Two strong people – he thought of his father and the maid – would have been completely sufficient

دو نفر قوی - او به پدر و خدمتکارش فکر می کرد - کاملاً کافی بودند

they would only have had to slide their arms under his arched back and peel him out of bed

آنها فقط مجبور بودند بازوهای خود را زیر کمر قوس دار او بگذارند و او را از تخت بیرون بیاورند

they would only have had to bend down with the burden

آنها فقط باید با این بار خم می شدند

hopefully then the legs would have a purpose

امیدوارم در آن صورت پاها هدفی داشته باشند

Well, apart from the fact that the doors were locked, should he really have called for help?

خوب، جدا از این که در ها قفل بود، واقعاً باید کمک می کرد؟

Despite all his hardship, he could not suppress a smile at this thought

با همه سختی هایش نتوانست لبخندی به این فکر خفه کند

He was already at the point where he could hardly keep his balance when the swing was too strong

او قبلاً در نقطه‌ای بود که به سختی می‌توانست تعادلش را حفظ کند، وقتی تاب خیلی قوی بود

and very soon he had to make a final decision

و خیلی زود باید تصمیم نهایی را می گرفت

because in five minutes it was going to be quarter past seven

چون پنج دقیقه دیگر ساعت هفت و ربع بود

and then the doorbell rang

و بعد زنگ در به صدا درآمد

That's someone from the office, he said to himself and almost froze

با خودش گفت این یکی از دفتر است و تقریباً یخ کرد

now his legs danced even more hastily

حالا پاهایش شتابزده تر می رقصیدند

for a moment everything remained quiet

برای یک لحظه همه چیز ساکت ماند

They won't open, Gregor said to himself, caught up in some senseless hope

گرگور در حالی که در یک امید بی معنی گرفتار شده بود، با خود گفت: آنها باز نمی شوند

But then, of course, as always, the maid walked firmly to the door

اما بعد، البته، مثل همیشه، خدمتکار محکم به سمت در رفت

Gregor only needed to hear the visitor's first greeting and he already knew who it was

گرگور فقط نیاز داشت اولین سلام مهمان را بشنود و او از قبل می دانست که چه کسی است

the chief clerk himself came to see where Samsa was

منشی ارشد خودش آمد تا ببیند سامسا کجاست

Why was Gregor the only one condemned to serve in such a company?

چرا تنها گرگور محکوم به خدمت در چنین شرکتی بود؟

a company where the slightest oversight immediately aroused suspicion

شرکتی که کوچکترین نظارتی در آن بلافاصله سوء ظن را برانگیخت

Were all the employees scoundrels?

آیا همه کارمندان شرور بودند؟

Was there no faithful and devoted person among them?

آیا در میان آنها شخص مؤمن و فداکار نبود؟

Was it really not enough to have an apprentice ask?

آیا این واقعاً کافی نبود که یک شاگرد بپرسد؟

was this questioning necessary at all?

آیا اصلاً این سؤال ضروری بود؟

Did the authorized representative have to come himself?

آیا نماینده تام الاختیار باید خودش بیاید؟

and did the whole innocent family have to be shown it?

و آیا باید به تمام خانواده بی گناه نشان داده می شد؟

Gregor was moved by these considerations to do something

گرگور تحت تأثیر این ملاحظات قرار گرفت تا کاری انجام دهد

as a result of a decision, he swung himself out of bed with all his might

در نتیجه یک تصمیم، او با تمام قدرت خود را از رختخواب بیرون آورد

There was a loud bang, but it wasn't really a noise

صدای بلندی شنیده شد، اما واقعاً صدایی نبود

The fall was slightly softened by the carpet

سقوط با فرش کمی نرم شد

also the back was more elastic than Gregor had thought

همچنین پشت آن بیشتر از آن چیزی که گرگور فکر می کرد، کشسان بود

hence the not so noticeable dull sound

از این رو صدای کسل کننده نه چندان قابل توجه است

Only he had not held his head carefully enough and hit it

فقط او با دقت کافی سرش را نگرفته بود و به آن ضربه نزده بود

he turned his head and rubbed it on the carpet in anger and pain

سرش را برگرداند و با عصبانیت و درد روی فرش مالید

»Something fell in there,« said the manager in the next room on the left.

مدیر اتاق بعدی در سمت چپ گفت: "چیزی در آنجا افتاد."

Gregor tried to imagine whether something similar could happen to the chief clerk as it had happened to him today.

گرگور سعی کرد تصور کند که آیا ممکن است اتفاقی مشابه امروز برای منشی ارشد بیفتد.

the possibility of this had to be admitted

امکان این امر باید پذیرفته می شد

But as if to give a crude answer to this question, the chief clerk in the next room took a few specific steps

اما مثل اینکه بخواهد به این سوال پاسخی خام بدهد، منشی ارشد اتاق بغلی چند قدم مشخص برداشت.

and as he approached the door he let his patent leather boots creak

و همانطور که او به در نزدیک شد، اجازه داد چکمه های چرمی اش بترکد

From the next room on the right, the nurse whispered to Gregor:

از اتاق بعدی سمت راست، پرستار با گرگور زمزمه کرد:

»Gregor, the authorized representative is here«

«گرگور، نماینده مجاز اینجاست»

I know, Gregor said to himself

می دانم، گرگور با خود گفت

but he did not dare raise his voice loud enough for his sister to hear

اما جرات نداشت صدایش را آنقدر بلند کند که خواهرش بشنود

»Gregor,« said the father from the next room on the left

پدر از اتاق بغلی سمت چپ گفت: «گرگور».

»The manager came and asked why you didn't leave on the early train«

"مدیر آمد و پرسید چرا با قطار زودتر حرکت نکردی"

We don't know what to say to him

نمی دانیم به او چه بگوییم

»By the way, he also wants to speak to you personally«

"در ضمن، او همچنین می خواهد شخصاً با شما صحبت کند"

»So please open the door«

"پس لطفا در را باز کن"

»He will be kind enough to excuse the mess in the room«

"او به اندازه کافی مهربان خواهد بود تا به هم ریختگی اتاق را بهانه کند"

»Good morning, Mr. Samsa,« the manager called out in a friendly manner.

مدیر با حالتی دوستانه صدا زد: «صبح بخیر آقای سمسا».

He is not well, said the mother to the manager, while the father was still talking at the door

مادر به مدیر گفت حالش خوب نیست در حالی که پدر هنوز پشت در صحبت می کرد

»He is not well, believe me, Mr. Manager«

"حالش خوب نیست، باور کنید آقای مدیر"

»How else would Gregor miss a train?«

"دیگر چگونه گرگور قطار را از دست می دهد؟"

»The boy has nothing on his mind but business«

"پسربچه به جز تجارت چیزی در سر ندارد"

»I'm almost annoyed that he never goes out in the evenings«

«تقریباً اذیت می‌شوم که او هیچ‌وقت عصرها بیرون نمی‌رود»

»He was in the city for eight days, but he was at home every evening«

"او هشت روز در شهر بود، اما هر روز عصر در خانه بود"

»He sits at our table and reads the newspaper or studies timetables«

«او پشت میز ما می نشیند و روزنامه می خواند یا جدول زمانی را مطالعه می کند»

»It is quite a distraction for him when he is busy with fretsaw work«

«وقتی مشغول کار اره مویی است برای او کاملاً حواس پرتی است»

»For example, he carved a small picture frame over the course of two or three evenings«

«به عنوان مثال، او یک قاب عکس کوچک را در طول دو یا سه شب حک کرد».

»You will be amazed at how pretty the frame is«

"شما از زیبا بودن قاب شگفت زده خواهید شد"

»The frame hangs in the room«

"قاب در اتاق آویزان است"
»You will see the picture frame as soon as Gregor opens the door«
"به محض اینکه گرگور در را باز کرد قاب عکس را خواهید دید"
»By the way, I am happy that you are here, Mr. Prokurist«
"در ضمن خوشحالم که اینجا هستید آقای پروکوریست"
»We alone would not have made Gregor open the door«
"ما به تنهایی نمی توانستیم گرگور را مجبور کنیم در را باز کند"
»he is so stubborn«
"او خیلی لجباز است"
and he certainly is not well, although he denied it in the morning
و مسلماً حالش خوب نیست، هر چند صبح آن را انکار کرد
I'll be right there, Gregor said slowly and deliberately
گرگور آهسته و عمدا گفت من همان جا خواهم بود
but he did not move, so as not to lose a word of the conversation
اما او حرکت نکرد تا یک کلمه از مکالمه را از دست ندهد
I cannot explain it any other way, madam, said the chief clerk.
منشی ارشد گفت: من نمی توانم آن را طور دیگری توضیح دهم، خانم.
»hopefully it is nothing serious«
"امیدوارم چیز جدی نباشه"
»Although on the other hand I must say that we business people very often have to overcome a slight discomfort for business reasons.«
«اگرچه از طرف دیگر باید بگویم که ما تاجران اغلب به دلایل تجاری مجبوریم بر ناراحتی جزئی غلبه کنیم.»
»So the chief clerk can come in now?« asked the impatient father and knocked on the door again
پدر بی حوصله پرسید: «پس منشی ارشد الان می تواند وارد شود؟» و دوباره در را زد.
»No,« said Gregor
گرگور گفت: نه
An awkward silence fell in the next room to the left
سکوتی ناخوشایند در اتاق کناری سمت چپ حاکم شد
In the next room on the right the sister began to sob

در اتاق بعدی سمت راست خواهر شروع به گریه کرد

Why didn't the sister go to the others?

چرا خواهر پیش بقیه نرفت؟

She had probably just gotten out of bed and had not even started getting dressed

احتمالاً تازه از رختخواب بلند شده بود و حتی شروع به لباس پوشیدن نکرده بود

And why was she crying?

و چرا گریه می کرد؟

Because he didn't get up and let the manager in?

چون بلند نشد و مدیر را راه نداد؟

because he was in danger of losing his job?

چون در خطر از دست دادن شغلش بود؟

and because then the boss would come after the parents again with the same old demands?

و چون پس از آن رئیس دوباره با همان خواسته های قدیمی به دنبال والدین می آمد؟

These were probably unnecessary worries for the time being

اینها احتمالاً فعلاً نگرانی های غیر ضروری بودند

Gregor was still here and had no intention of leaving his family

گرگور هنوز اینجا بود و قصد ترک خانواده اش را نداشت

At that moment he was probably lying there on the carpet

در آن لحظه احتمالاً همانجا روی فرش دراز کشیده بود

no one who knew his condition would have seriously asked him to let the manager in

هیچ کس که از وضعیت او می دانست به طور جدی از او نمی خواست که به مدیر اجازه ورود دهد

But because of this little rudeness, for which a suitable excuse could easily be found later, Gregor could not be sent away immediately

اما به دلیل همین گستاخی اندک، که بعداً بهانه مناسبی برای آن یافت می‌شد، گرگور را نمی‌توان فوراً اخراج کرد.

And Gregor thought that it would be much more sensible to leave him alone now, rather than disturbing him with crying and talking.

و گرگور فکر کرد که خیلی معقول تر است که اکنون او را تنها بگذاریم، نه اینکه با گریه و صحبت او را اذیت کنیم.

But it was precisely the uncertainty that oppressed the others and excused their behavior

اما این دقیقاً عدم اطمینان بود که دیگران را تحت فشار قرار داد و رفتار آنها را توجیه کرد

"Mr. Samsa," the manager called out in a raised voice, "what's going on?"

«آقای سامسا، مدیر با صدای بلندی فریاد زد، "چه خبر است؟"

»You barricade yourself in your room«

"خودت را در اتاقت سنگر می کنی"

»you answer with just yes and no«

"شما فقط با بله و نه پاسخ می دهید"

»You are causing your parents serious, unnecessary worries«

"شما باعث نگرانی های جدی و غیر ضروری والدین خود می شوید"

»and you neglect – just to mention this in passing – your business duties in a truly unheard of way«

"و شما - صرفاً به طور گذرا - از وظایف تجاری خود به شکلی ناشناخته غفلت می کنید"

I speak here on behalf of your parents and your boss and ask you very seriously for an immediate, clear explanation.

من اینجا از طرف پدر و مادر و رئیس شما صحبت می کنم و به طور جدی از شما توضیح فوری و واضح می خواهم.

I'm amazed... I thought I knew you as a calm, reasonable person.

تعجب کردم... فکر می کردم تو را فردی آرام و منطقی می شناسم.

»and now you suddenly seem to want to start parading with strange moods«

"و حالا به نظر می رسد که شما ناگهان می خواهید با حالات عجیب شروع به رژه کنید"

"The boss did suggest to me this morning a possible explanation for your failure."

"رئیس امروز صبح یک توضیح احتمالی برای شکست شما به من پیشنهاد کرد."

»It concerned the debt collection that had recently been entrusted to you«

»این مربوط به وصول بدهی است که اخیراً به شما سپرده شده بود«.
but I truly almost gave my word of honour that this explanation could not be correct
اما من واقعاً قول افتخار خود را دادم که این توضیح نمی تواند درست باشد

"But now I see your incomprehensible stubbornness."
اما اکنون لجبازی غیر قابل درک شما را می بینم.

»and I completely lose all desire to do anything for you«
"و من تمام تمایل خود را برای انجام هر کاری برای شما از دست می دهم"

»And your position is by no means the most stable«
"و موقعیت شما به هیچ وجه پایدارترین نیست"

I originally intended to tell you all this in private
من در ابتدا قصد داشتم همه اینها را در خلوت به شما بگویم

But since you are making me waste my time here, I don't know why your parents shouldn't know about it too.
اما از آنجایی که داری باعث می‌شوی وقتم را اینجا تلف کنم، نمی‌دانم چرا پدر و مادرت هم نباید در این مورد بدانند.

»Your performance recently has been very unsatisfactory«
»عملکرد شما اخیراً بسیار رضایت بخش بوده است«

»It is not the season to do a lot of business, we recognize that«
"فصل انجام کارهای زیاد نیست، ما این را می دانیم"

»But there is no such thing as a season for not closing any business deals, Mr. Samsa«
"اما هیچ فصلی برای بستن هیچ معامله تجاری وجود ندارد، آقای سمسا"

»There must not be a season in which no business is done«
»نباید فصلی باشد که در آن هیچ کاری انجام نشود«

»But Mr. Prokurist,« Gregor cried out in beside himself
گرگور در کنار خودش فریاد زد: »اما آقای پروکوریست«.

and in the excitement he forgot everything else
و در هیجان همه چیز را فراموش کرد

»I'll open it right away, right now«
"همین الان بازش میکنم"

»A slight feeling of unease, a dizzy spell, prevented me from getting up«

»«احساس خفیف ناراحتی، طلسم سرگیجه، مانع از بلند شدنم شد»
»I'm still lying in bed«
"من هنوز در رختخواب دراز کشیده ام"
»Now I'm feeling fresh again«
"حالا دوباره احساس تازگی دارم"
»I'm just getting out of bed«
"من تازه از رختخواب بلند می شوم"
»Just a moment's patience!«
"فقط یک لحظه صبر!"
»It's not going as well as I thought«
"آنطور که فکر می کردم خوب پیش نمی رود"
»But I'm fine«
"ولی من خوبم"
»How can this happen to a person like that?«
"چطور ممکن است این اتفاق برای چنین فردی بیفتد؟"
»I was fine last night, my parents know that«
"دیشب خوب بودم، پدر و مادرم این را می دانند"
»or maybe I had a little premonition last night«
"یا شاید دیشب کمی پیش بینی داشتم"
»they should have seen how I was feeling«
"آنها باید احساس من را می دیدند"
»Why didn't I report it at the office?«
"چرا من آن را در دفتر گزارش نکردم؟"
But you always think that you will beat the illness without staying at home
اما شما همیشه فکر می کنید که بدون اینکه در خانه بمانید، بیماری را شکست خواهید داد
»Mr. Manager! Spare my parents from these accusations!«
« آقای مدیر! پدر و مادرم را از این اتهامات در امان بدار!»
»There is no reason for all the accusations you are making against me now«
"این همه اتهاماتی که الان به من میزنی دلیلی نداره"
»I haven't been told a word about it«
"هیچ کلمه ای در موردش به من نگفته اند"
You may not have read the last orders I sent
شاید آخرین سفارش هایی که فرستادم را نخوانده باشید

»By the way, I'm still travelling on the eight o'clock train«

"در ضمن، من هنوز با قطار ساعت هشت سفر می کنم"

»The few hours of rest have strengthened me«

"چند ساعت استراحت من را قوی کرده است"

»Don't hold back, Mr. Manager«

"درنگ نکنید آقای مدیر"

»I'll be in the office myself soon«

"من خودم به زودی در دفتر خواهم بود"

»and please be so kind as to say so and recommend me to the boss!«

"و لطفا آنقدر مهربان باش که این را بگو و مرا به رئیس توصیه کن!"

And while Gregor uttered all this hastily and hardly knew what he was saying, he approached the box

و در حالی که گرگور همه اینها را با عجله به زبان می آورد و به سختی می دانست چه می گوید، به جعبه نزدیک شد

and he tried to stand up on the box

و سعی کرد روی جعبه بایستد

He actually wanted to open the door

او در واقع می خواست در را باز کند

he actually wanted to be seen and speak to the authorized representative

او در واقع می خواست دیده شود و با نماینده مجاز صحبت کند

he was eager to know what the others, who now longed for him so much, would say when they saw him

او مشتاق بود بداند که دیگران که اکنون آنقدر در آرزوی او بودند، با دیدن او چه خواهند گفت

If they were frightened, Gregor would no longer have any responsibility and could be calm

اگر آنها می ترسیدند، گرگور دیگر مسئولیتی نداشت و می توانست آرام باشد

But if they accepted everything calmly, then he would have no reason to get upset

اما اگر همه چیز را با آرامش می پذیرفتند، دیگر دلیلی برای ناراحتی نداشت

then, if he hurried, he could actually be at the station at eight o'clock

سپس، اگر عجله می کرد، در واقع می توانست ساعت هشت در ایستگاه باشد

First he slipped several times from the smooth box

ابتدا چندین بار از جعبه صاف لیز خورد

but finally he gave himself one last push and stood upright

اما بالاخره برای آخرین بار به خودش فشار آورد و راست ایستاد

He no longer paid any attention to the pain in his abdomen, no matter how much it burned

دیگر هیچ توجهی به درد شکمش نداشت، هر چقدر هم که می سوخت

Now he let himself fall against the back of a nearby chair, holding on to the edges with his little legs

حالا اجازه داد به پشتی صندلی نزدیکش بیفتد و با پاهای کوچکش به لبه‌های آن بچسبد.

But he had also gained control over himself and fell silent

اما او هم بر خودش مسلط شده بود و ساکت شد

because now he could listen to the authorized representative

چون حالا می توانست به حرف نماینده تام الاختیار گوش دهد

»Did you understand a single word?« the manager asked the parents

مدیر از والدین پرسید: «یک کلمه هم فهمیدی؟»

»He is not making a fool of us, is he?«

"او ما را احمق نمی کند، نه؟"

For God's sake, cried the mother, already crying.

به خاطر خدا، مادر در حال گریه گریه کرد.

»he may be seriously ill and we are tormenting him«

"ممکن است او به شدت بیمار باشد و ما او را عذاب می دهیم"

»Grete! Grete!« she screamed

«گریت! گرت!» او فریاد زد

»Mother?« called the sister from the other side

«مادر؟» خواهر را از آن طرف صدا کرد

They communicated through Gregor's room

آنها از طریق اتاق گرگور ارتباط برقرار کردند

You have to go to the doctor immediately. Gregor is sick.

باید فوراً به دکتر مراجعه کنید. گرگور بیمار است.

»Did you hear Gregor talking now?«

"الان صحبت گرگور را شنیدی؟"

That was an animal voice, said the manager, remarkably quiet compared to the mother's screams

مدیر گفت که این صدای حیوانی بود که در مقایسه با فریادهای مادر بسیار آرام بود

»Anna! Anna!« the father called through the anteroom into the kitchen and clapped his hands

» آنا! آنا!» پدر از جلوی اتاق به آشپزخانه صدا زد و دستانش را زد

»get a locksmith immediately!«

"فورا یک قفل ساز بگیرید!"

And the two girls ran through the anteroom with their skirts rustling

و دو دختر با خش خش دامن هایشان از جلوی اتاق دویدند

How did the sister get dressed so quickly?

خواهر چطور به این سرعت لباس پوشید؟

and they tore open the apartment door

و در آپارتمان را پاره کردند

You didn't even hear the door slam

حتی صدای در را هم نشنیدید

they had probably left the door open, as is usually the case in homes where a great misfortune has occurred

آنها احتمالاً در را باز گذاشته بودند، همانطور که معمولاً در خانه هایی که یک بدبختی بزرگ رخ داده است

But Gregor had become much calmer

اما گرگور خیلی آرامتر شده بود

His words were no longer understood, although they had seemed clear enough to him, clearer than before.

سخنان او دیگر قابل درک نبودند، اگرچه برای او به اندازه کافی واضح و واضح تر از قبل به نظر می رسید.

perhaps due to him becoming accustomed to his ears

شاید به خاطر عادت کردن او به گوش هایش

But at least people now believed that there was something wrong with him and were willing to help him

اما حداقل مردم اکنون معتقد بودند که او مشکلی دارد و حاضر بودند به او کمک کنند

The confidence and security with which the first arrangements had been made did him good

اعتماد به نفس و امنیت که با آن مقدمات اولیه انجام شده بود به او کمک کرد

He felt included again in the human circle

او دوباره احساس کرد که در دایره انسانی قرار گرفته است

and he hoped for great and surprising achievements from both the doctor and the locksmith

و او به دستاوردهای بزرگ و غافلگیرکننده هم از پزشک و هم از قفل ساز امیدوار بود

In order to get as clear a voice as possible for the approaching crucial meetings, he coughed a little

برای اینکه بتواند صدای واضحی برای جلسات حساس نزدیک داشته باشد، کمی سرفه کرد

however, he tried to cough very quietly

با این حال، سعی کرد خیلی آرام سرفه کند

because this noise may have sounded different from a human cough

زیرا این صدا ممکن است با سرفه های انسانی متفاوت باشد

this he no longer dared to decide for himself

او دیگر جرات نداشت برای خودش تصمیم بگیرد

In the next room it had become completely quiet

در اتاق بعدی کاملاً ساکت شده بود

Perhaps the parents were sitting at the table with the manager and whispering

شاید پدر و مادر با مدیر پشت میز نشسته بودند و زمزمه می کردند

maybe everyone was leaning at the door and listening

شاید همه به در تکیه داده بودند و گوش می دادند

Gregor slowly pushed the chair towards the door and let it go

گرگور به آرامی صندلی را به سمت در هل داد و آن را رها کرد

he threw himself against the door and held himself upright

خود را کنار در پرت کرد و خود را صاف نگه داشت

the pads of his legs had a little glue

لنت های پاهایش کمی چسب داشت

and he rested there for a moment from the exertion

و لحظه ای در آنجا استراحت کرد

But then he started to turn the key in the lock with his mouth

اما بعد شروع به چرخاندن کلید در قفل با دهان کرد
Unfortunately, it seemed that he had no actual teeth
متأسفانه به نظر می رسید که او هیچ دندان واقعی نداشت
How should he grab the key?
چگونه باید کلید را بگیرد؟
but the jaws were of course very strong
اما آرواره ها البته بسیار قوی بودند
with the help of his jaws he really got the key moving
با کمک آرواره هایش او واقعاً کلید را به حرکت درآورد
and he did not care that he was undoubtedly causing himself some harm
و او اهمیتی نمی داد که او بدون شک به خودش آسیبی می رساند
because a brown liquid came out of his mouth, flowed over the key and dripped onto the floor
چون مایع قهوه ای رنگی از دهانش بیرون آمد، روی کلید جاری شد و روی زمین چکید
Just listen, said the manager in the next room, "he's turning the key."
مدیر اتاق کناری گفت: فقط گوش کن، کلید را می چرخاند.
This was a great encouragement for Gregor
این یک تشویق بزرگ برای گرگور بود
but everyone should have called out to him, including his father and mother:
اما همه باید او را صدا می زدند، از جمله پدر و مادرش:
"Good, Gregor," they should have shouted
آنها باید فریاد می زدند: "خوب، گرگور".
»keep going, keep turning that key!«
«ادامه بده، کلید را بچرخان!»
And, imagining that everyone was watching his efforts with excitement, he clenched his teeth senselessly on the key with all the strength he could muster.
و با تصور اینکه همه با هیجان نظاره گر تلاش های او هستند، دندان هایش را با تمام قدرتی که به دست می آورد، بی دلیل روی کلید فشار داد.
As the key continued to turn, he danced around the lock
همانطور که کلید به چرخش ادامه داد، او دور قفل رقصید
he was now only holding himself up with his mouth

او اکنون فقط خود را با دهانش نگه می داشت

and depending on the need, he hung on to the key or pressed it down again with the whole weight of his body

و بسته به نیاز، کلید را آویزان کرد یا با تمام وزن دوباره آن را فشار داد

The brighter sound of the lock finally snapping back awakened Gregor

صدای روشن‌تر قفل در نهایت گرگور را بیدار کرد

With a sigh of relief, he said to himself: "So I didn't need the locksmith."

با آهی آسوده با خود گفت: پس من نیازی به قفل ساز نداشتم.

and he put his head on the handle to open the door completely

و سرش را روی دستگیره گذاشت تا در کاملا باز شود

Since he had to open the door in this way, it was actually already quite wide open and he himself could not yet be seen

از آنجایی که باید در را به این شکل باز می کرد، در واقع کاملاً باز بود و خودش هنوز دیده نمی شد

He had to slowly turn around one of the door wings, very carefully

او مجبور شد به آرامی یکی از بال های در را با دقت بچرخاند

if he didn't want to fall clumsily on his back before entering the room

اگر نمی خواست قبل از ورود به اتاق به طور ناشیانه به پشت بیفتد

He was still busy with that difficult movement

او همچنان درگیر آن حرکت سخت بود

and he had no time to pay attention to anything else

و او وقت نداشت به چیز دیگری توجه کند

He then heard the chief clerk utter a loud "Oh!"

سپس شنید که منشی ارشد با صدای بلند "اوه!"

it sounded like the wind was rushing through the house

به نظر می رسید باد در خانه می وزید

and now he saw him too, as he, who was closest to the door, pressed his hand against his open mouth

و اکنون او را نیز دید، زیرا او که نزدیک ترین به در بود، دستش را به دهان بازش فشار داد

and slowly he backed away, as if an invisible, steadily acting force were driving him away

و به آرامی عقب رفت، گویی یک نیروی نامرئی و پیوسته او را می راند

Despite the presence of the chief clerk, the mother stood here with her hair still untidy and standing on end from the night before

مادر علیرغم حضور سردفتر، با موهایی که هنوز مرتب نشده بود و از شب قبل سیخ شده بود، اینجا ایستاد.

she first looked at her father with folded hands

او ابتدا با دستان بسته به پدرش نگاه کرد

she then took two steps towards Gregor

سپس دو قدم به سمت گرگور برداشت

and she fell down in the midst of her skirts spreading around her

و او در میان دامن هایش که به دور او گسترده شده بود به زمین افتاد

her face was completely hidden from view and sunk to her chest

صورتش کاملا از دید پنهان شده بود و به سینه اش فرو رفته بود

The father clenched his fist with a hostile expression

پدر با حالتی خصمانه مشتش را گره کرد

as if he wanted to push Gregor back into his room

انگار می خواست گرگور را به اتاقش برگرداند

he then looked uncertainly around the living room

سپس با تردید به اطراف اتاق نشیمن نگاه کرد

He then shaded his eyes with his hands and wept until his mighty chest shook

سپس با دستانش بر چشمانش سایه انداخت و گریست تا اینکه سینه قدرتمندش لرزید

Gregor did not enter the room at all, but leaned against the locked door from the inside

گرگور اصلا وارد اتاق نشد، بلکه از داخل به در قفل شده تکیه داد

so that only half of his body and above it his sideways tilted head could be seen

به طوری که فقط نیمی از بدن و بالای آن سر کج شده اش دیده می شد

It had become much brighter in the meantime

در این بین بسیار روشن تر شده بود

clearly on the other side of the street there was a section of the endless, grey-black hospital opposite

به وضوح در طرف دیگر خیابان بخشی از بیمارستان بی پایان و خاکستری سیاه روبروی آن وجود داشت

the rain was still falling, but only with large, individually visible drops

باران همچنان در حال باریدن بود، اما فقط با قطرات بزرگ و به صورت جداگانه قابل مشاهده

The breakfast dishes were on the table in abundance

غذاهای صبحانه به وفور روی میز بود

because for the father breakfast was the most important meal of the day

زیرا برای پدر صبحانه مهمترین وعده غذایی روز بود

a meal that he dragged out for hours while reading various newspapers

غذایی که او ساعت ها در حین خواندن روزنامه های مختلف آن را به درازا کشید

Just on the opposite wall hung a photograph of Gregor from his military time

درست روی دیوار مقابل عکسی از گرگور از دوران سربازی اش آویزان بود

The photograph that showed him as a lieutenant

عکسی که او را به عنوان یک ستوان نشان می داد

how he, his hand on his sword, smiling carefree, demanded respect for his posture and uniform

چگونه او با دست روی شمشیر، لبخندی بی خیال، خواستار احترام به وضعیت و لباس خود شد.

The door to the anteroom was open

درِ جلو اتاق باز بود

and since the apartment door was also open, one could see the forecourt of the apartment

و از آنجایی که درب آپارتمان نیز باز بود، می شد جلوی حیاط آپارتمان را دید

and at the beginning you could see the stairs leading down

و در ابتدا می توانستید پله های منتهی به پایین را ببینید

Well, said Gregor, well aware that he was the only one who had kept calm

گرگور گفت: خوب، خوب می‌دانست که او تنها کسی بود که آرامش خود را حفظ کرده بود

»I'm going to get dressed, pack up the collection and leave«

"من میرم لباس بپوشم، مجموعه را جمع کنم و بروم"

Do you... do you want to let me go away?

میخوای بذاری برم؟

»Well, Mr. Prokurist, you see, I am not stubborn and I like to work«

«خب آقای پروکوریست، ببینید من لجباز نیستم و دوست دارم کار کنم»

»Travelling is difficult, but I couldn't live without it«

"سفر سخت است، اما من نمی توانستم بدون آن زندگی کنم"

Where are you going, Mr. Manager? To the office? Yes?

کجا میری آقای مدیر؟ به دفتر؟ بله؟

»Will you report everything truthfully?«

"آیا همه چیز را صادقانه گزارش خواهید کرد؟"

»You may be unable to work at the moment«

«شاید در حال حاضر نتوانید کار کنید»

»but then it is just the right time to remember the past achievements«

"اما اکنون زمان مناسبی برای یادآوری دستاوردهای گذشته است"

»after removing the obstacle, one works even more diligently and concentratedly«

"بعد از برداشتن مانع، شخص با پشتکار و تمرکز بیشتری کار می کند"

"I am so indebted to the boss, you know that very well."

"من خیلی مدیون رئیس هستم، شما این را خوب می دانید."

»On the other hand, I am worried about my parents and my sister«

«از طرفی نگران پدر و مادرم و خواهرم هستم»

»I'm in a tight spot, but I'll work my way out of it«

"من در تنگنا قرار دارم، اما راه خود را برای رهایی از آن تلاش خواهم کرد"

»But don't make it more difficult for me than it already is«

"اما کار را برای من سخت تر از آنچه که هست نکنید"

»Stick to my side in business!«

"در تجارت به من بچسب!"

»One does not love the traveller, I know«

"کسی مسافر را دوست ندارد، می دانم"
You think he earns a fortune and leads a good life
شما فکر می کنید که او ثروتی به دست می آورد و زندگی خوبی دارد
»There is no particular reason to think this prejudice through more carefully«
"دلیل خاصی وجود ندارد که با دقت بیشتری به این تعصب فکر کنیم"
"But you, Mr. Authorized Officer, you have a better overview of the situation than the other staff."
"اما شما، آقای افسر مجاز، دید کلی بهتری نسبت به سایر کارکنان دارید."
»Yes, in confidence, you have a better overview than the boss himself«
"بله، با اطمینان، شما دید کلی بهتری نسبت به خود رئیس دارید"
»The boss who, in his capacity as an entrepreneur, easily allows his judgment to be misled to the detriment of an employee«
«رئیسی که در مقام یک کارآفرین به راحتی اجازه می دهد قضاوتش به ضرر کارمند گمراه شود»
»You also know very well that the traveller can easily become a victim of gossip, coincidences and groundless complaints«
«شما هم خوب می دانید که مسافر به راحتی قربانی شایعات، تصادفات و شکایات بی اساس می شود»
»He is out of business almost all year round«
"او تقریباً در تمام طول سال بیکار است"
»Things against which it is quite impossible for him to defend himself«
"چیزهایی که دفاع از خود در برابر آنها کاملا غیرممکن است"
»since he usually doesn't hear anything about such things«
"از آنجایی که او معمولاً چیزی در مورد چنین چیزهایی نمی شنود"
»he only finds out when he has finished a journey exhausted«
"او فقط وقتی می فهمد که یک سفر خسته را تمام کرده باشد"
»when he experiences the terrible consequences at home, the causes of which can no longer be understood«
"وقتی او عواقب وحشتناکی را در خانه تجربه می کند که دیگر نمی توان دلایل آن را درک کرد"

Mr. Manager, don't leave without saying a word to me.

آقای مدیر بدون اینکه حرفی به من بزنی بیرون نرو.

»Tell me you agree with me at least in part.«

"به من بگو حداقل تا حدودی با من موافقی."

But the manager had already turned away at Gregor's first words

اما مدیر قبلاً از اولین کلمات گرگور رویگردان شده بود

and only over his twitching shoulder did he look back at Gregor with pursed lips

و فقط از روی شانه‌های تکان خورده‌اش، با لب‌های جمع‌شده به گرگور نگاه کرد

And during Gregor's speech he did not stand still for a moment

و در حین سخنرانی گرگور او یک لحظه بی حرکت ننشست

but he retreated, without taking his eyes off Gregor, towards the door, but very gradually

اما او بدون اینکه چشم از گرگور بردارد، به سمت در عقب نشینی کرد، اما به تدریج

as if there was a secret ban on leaving the room

گویی ممنوعیت پنهانی برای خروج از اتاق وجود دارد

He was already in the anteroom, and after his sudden movement one would have thought he had just burned the sole of his shoe

او قبلاً در جلو اتاق بود و بعد از حرکت ناگهانی او فکر می کرد فقط کف کفشش سوخته است.

In the anteroom, however, he stretched his right hand far away from him toward the stairs

اما در جلو اتاق، دست راستش را خیلی دور از او به سمت پله ها دراز کرد

as if an almost supernatural salvation was waiting for him there

گویی نجاتی تقریباً فراطبیعی در آنجا منتظر او بود

Gregor realized that he could not let the manager leave in this mood

گرگور متوجه شد که نمی تواند اجازه دهد مدیر با این حال و هوا برود

his position in the business was at risk

موقعیت او در تجارت در خطر بود

The parents didn't understand all this very well
والدین همه اینها را به خوبی درک نمی کردند
Over the years they had become convinced that Gregor was provided for in this business for life
با گذشت سالها آنها متقاعد شده بودند که گرگور برای زندگی در این تجارت فراهم شده است
and they were now so busy with the worries of the moment that they had lost all foresight
و اکنون آنقدر درگیر نگرانی های لحظه ای بودند که آینده نگری خود را از دست داده بودند
But Gregor had this foresight
اما گرگور این آینده نگری را داشت
The authorized representative had to be held, calmed, convinced and finally won over
نماینده تام الاختیار باید نگه داشته می شد، آرام می گرفت، قانع می شد و بالاخره پیروز می شد
The future of Gregor and his family depended on it!
آینده گرگور و خانواده اش به آن بستگی داشت!
If only the sister had been here! She was smart
کاش خواهر اینجا بود! او باهوش بود
she had already cried when Gregor was still lying quietly on his back
او قبلا گریه کرده بود که گرگور هنوز آرام به پشت دراز کشیده بود
And surely the chief clerk, this lady friend, would have let himself be guided by her
و مطمئناً منشی ارشد، این بانوی دوست، به خود اجازه می داد که توسط او هدایت شود
she would have closed the apartment door and talked him out of his fear in the anteroom
او در آپارتمان را می بست و از ترسش در جلو اتاق با او صحبت می کرد
But the sister was not there, so Gregor himself had to act
اما خواهر آنجا نبود، بنابراین خود گرگور مجبور شد اقدام کند
And without thinking that he did not yet know his current abilities, he left the door

و بدون اینکه فکر کند هنوز توانایی های فعلی خود را نمی داند، از در خارج شد

without even thinking that his speech might, indeed probably, have not been understood again
بدون اینکه حتی فکر کنم که ممکن است، در واقع، احتمالاً سخن او دوباره درک نشده باشد

and he pushed himself through the opening of the room
و خودش را از دهانه اتاق عبور داد

he wanted to go to the manager, who was already holding on to the railing of the forecourt with both hands in a ridiculous way
می خواست به سمت مدیری برود که از قبل به طرز مسخره ای با دو دست نرده های جلوی زمین را گرفته بود.

but he immediately fell down on his many little legs with a little cry, looking for something to hold on to
اما فوراً با گریه‌ای کوچک روی پاهای کوچکش افتاد و به دنبال چیزی بود که به آن بچسبد

As soon as this had happened, he felt a physical well-being for the first time that morning
به محض اینکه این اتفاق افتاد، او صبح همان روز برای اولین بار احساس سلامت جسمانی کرد

the legs had solid ground beneath them
پاها زیر آنها زمین محکمی داشتند

they obeyed completely, as he noticed to his delight
آنها کاملاً اطاعت کردند، همانطور که او با خوشحالی متوجه شد

his legs even strove to carry him wherever he wanted to go
حتی پاهایش تلاش می کرد تا او را به هر کجا که می خواهد برود حمل کند

and he already believed that the final improvement of all suffering was imminent
و او قبلاً معتقد بود که بهبود نهایی همه رنج ها قریب الوقوع است

But at the same moment his own mother jumped up
اما در همان لحظه مادر خودش از جا پرید

her arms outstretched, her fingers spread, she cried out: "Help, for God's sake help!"

دستانش را دراز کرده بود، انگشتانش را باز کرد، فریاد زد: کمک کن، به خاطر خدا!

she tilted her head as if she wanted to see Gregor better
سرش را خم کرد انگار می‌خواست گرگور را بهتر ببیند

but she ran back, in contradiction to this, senselessly
اما او در تناقض با این، بی معنی فرار کرد

she had forgotten that the table was set behind her
فراموش کرده بود که میز پشت سرش چیده شده بود

When she arrived at his place, she sat down hastily on the table as if distracted
وقتی به محل او رسید، با عجله روی میز نشست که انگار حواسش پرت شده بود

and she didn't seem to notice that the coffee was pouring out of the overturned large pot onto the carpet next to her
و انگار متوجه نشد که قهوه از دیگ بزرگ واژگون شده روی فرش کنارش ریخته است.

Mother, mother, Gregor said softly and looked up at her
مادر، مادر، گرگور به آرامی گفت و به او نگاه کرد

The authorized officer had completely disappeared from his mind for a moment
افسر مجاز برای لحظه ای کاملا از ذهنش محو شده بود

On the other hand, he could not resist snapping his jaws into the void several times at the sight of the flowing coffee.
از سوی دیگر، با دیدن قهوه جاری، نتوانست چندین بار آرواره هایش را به داخل فضای خالی فرو برد.

The mother started crying out again about this
مادر دوباره شروع کرد به گریه کردن در این مورد

she fled from the table and fell into the arms of her father who was running towards her
او از روی میز فرار کرد و در آغوش پدرش افتاد که به سمت او می دوید

But Gregor had no time for his parents now
اما گرگور اکنون برای پدر و مادرش وقت نداشت

the authorized officer was already on the stairs
افسر مجاز قبلاً روی پله ها بود

his chin on the railing, he looked back for the last time

چانه اش روی نرده، برای آخرین بار به عقب نگاه کرد

Gregor made a run to catch up with him as safely as possible

گرگور دوید تا با خیال راحت به او برسد

The chief clerk must have suspected something, because he jumped over several steps and disappeared

منشی ارشد باید به چیزی مشکوک شده باشد، زیرا از چند پله پرید و ناپدید شد

»Huh!« he shouted, it echoed through the entire stairwell

او فریاد زد: «هه!» در کل راه پله طنین انداز شد

Unfortunately, the manager's escape also seemed to completely confuse his father, who had been relatively composed until then.

متأسفانه به نظر می رسید فرار مدیر نیز پدرش را که تا آن زمان نسبتاً خونسرد بود، کاملاً گیج می کرد.

because instead of running after the chief clerk himself or at least not hindering Gregor in his pursuit, he grabbed the chief clerk's stick with his right hand

زیرا به جای اینکه خودش به دنبال منشی ارشد بدود یا حداقل مانع تعقیب گرگور نشود، با دست راستش چوب سردفتر را گرفت.

He picked up a large newspaper from the table with his left hand

با دست چپش روزنامه بزرگی را از روی میز برداشت

and he began stamping his feet and waving his stick and newspaper to drive Gregor back to his room

و شروع کرد به کوبیدن پاهایش و تکان دادن چوب و روزنامه اش تا گرگور را به اتاقش براند

None of Gregor's requests helped, none of his requests were understood

هیچ یک از درخواست های گرگور کمکی نکرد، هیچ یک از درخواست های او درک نشد

No matter how humbly he turned his head, his father only stamped his feet harder

هر چقدر هم که متواضعانه سرش را برگرداند، پدرش فقط پاهایش را محکم تر می کوبد

Over there, the mother had opened a window despite the cool weather

آن طرف مادر با وجود هوای خنک پنجره را باز کرده بود

and leaning out of the window she pressed her face far outside the window into her hands

و از پنجره به بیرون خم شد، صورتش را خیلی بیرون از پنجره در دستانش فشار داد

A strong draft developed between the alley and the staircase

یک پیش نویس قوی بین کوچه و راه پله ایجاد شد

the window curtains flew open and the newspapers on the table rustled

پرده های پنجره باز شد و روزنامه های روی میز خش خش می زد

individual leaves blew across the ground

برگ های منفرد روی زمین دمیدند

The father pushed relentlessly and hissed like a wild man

پدر بی امان هل داد و مانند یک مرد وحشی خش خش کرد

But Gregor had no practice in walking backwards, it was really very slow

اما گرگور تمرینی در راه رفتن به عقب نداشت، واقعاً خیلی کند بود

If only Gregor had been allowed to turn around, he would have been in his room straight away

اگر فقط به گرگور اجازه داده می شد بچرخد، بلافاصله در اتاقش بود

but he was afraid of making his father impatient by the time-consuming turn

اما او می ترسید که پدرش را در نوبت وقت گیر بی تاب کند

and at any moment he was threatened with a fatal blow on the back or on the head from the stick in his father's hand

و هر لحظه او را تهدید می کردند که از چوب دست پدرش ضربه مهلکی به کمر یا سر وارد می کند.

But finally Gregor had no other choice

اما بالاخره گرگور چاره دیگری نداشت

for he realized with horror that he could not even keep the direction when going backwards

زیرا با وحشت متوجه شد که حتی نمی تواند هنگام عقب رفتن مسیر را حفظ کند

and so he began to turn around as quickly as possible, but in reality very slowly, with incessant anxious glances at his father

و بنابراین او شروع به چرخش در سریع ترین زمان ممکن کرد، اما در واقع بسیار آهسته، با نگاه های مضطرب بی وقفه به پدرش.

Perhaps the father noticed his good will, because he did not disturb him

شاید پدر متوجه حسن نیت او شد، زیرا مزاحم او نشد

he even directed the rotation from a distance with the tip of his stick

او حتی چرخش را از دور با نوک چوبش هدایت می کرد

If only it hadn't been for that unbearable hissing from my father!

اگر آن خش خش غیر قابل تحمل پدرم نبود!

Gregor completely lost his composure

گرگور کاملاً آرامش خود را از دست داد

He had almost turned around when, always listening for this hissing sound, he even made a mistake and turned back a little

تقریباً برگشته بود که همیشه با گوش دادن به این صدای خش خش، حتی اشتباه کرد و کمی به عقب برگشت

But when he finally got his head in front of the doorway, it became apparent that his body was too wide to get through easily.

اما وقتی بالاخره سرش را جلوی در گرفت، مشخص شد که بدنش خیلی گشادتر از آن است که به راحتی از آن عبور کند.

Of course, in his current state, it did not occur to the father to open the other door either

البته در حالت فعلی به ذهن پدر هم نمی رسید که در دیگر را باز کند

to create sufficient passage for Gregor

برای ایجاد گذر کافی برای گرگور

His obsession was simply that Gregor had to get to his room as quickly as possible

وسواس او صرفاً این بود که گرگور باید هر چه سریعتر به اتاقش برسد

He would never have allowed the complicated preparations Gregor needed to make in order to stand up and perhaps get through the door in this way.

او هرگز اجازه نمی داد آماده سازی های پیچیده ای را که گرگور برای ایستادن و شاید عبور از در به این طریق انجام می داد، انجام دهد.

Perhaps he was now driving Gregor forward with particular noise, as if there were no obstacle

شاید او اکنون گرگور را با سر و صدای خاصی به جلو می راند، گویی هیچ مانعی وجود ندارد

Even behind Gregor it no longer sounded like the voice of his only father

حتی پشت سر گرگور دیگر شبیه صدای تنها پدرش نبود

Now there was really no more joking, and Gregor pushed himself – whatever happened – into the door

حالا دیگر واقعاً دیگر خبری از شوخی نبود و گرگور خودش را - هر اتفاقی که افتاد - به در هل داد

One side of his body rose

یک طرف بدنش بلند شد

he lay crooked in the doorway

او کج در آستانه در دراز کشیده بود

one of his flanks was completely rubbed raw

یکی از پهلوهای او کاملاً خام مالیده شده بود

ugly stains remained on the white door

لکه های زشتی روی در سفید باقی مانده بود

soon he was stuck and would not have been able to move on his own

به زودی او گیر کرده بود و نمی توانست به تنهایی حرکت کند

the legs on one side hung trembling in the air

پاهای یک طرف به لرزه در هوا آویزان بودند

the legs on the other side were painfully pressed to the ground

پاهای طرف دیگر به طرز دردناکی روی زمین فشرده شده بود

then his father gave him a truly liberating strong push from behind

سپس پدرش از پشت به او یک فشار قوی واقعاً رهایی بخش داد

and he flew, bleeding heavily, far into his room

و او با خونریزی شدید به سمت اتاقش پرواز کرد

the door was slammed shut with a stick

در با چوب محکم بسته شد

then it was finally quiet

بعد بالاخره ساکت شد

Part Two
بخش دوم

Only at dusk did Gregor awaken from his heavy, unconscious sleep

تنها هنگام غروب گرگور از خواب سنگین و ناخودآگاه خود بیدار شد

He would certainly have woken up not much later even without disturbance

او مطمئناً حتی بدون مزاحمت خیلی دیرتر از خواب بیدار می شد

because he felt sufficiently rested and well slept

چون احساس می کرد به اندازه کافی استراحت کرده و خوب می خوابد

but it seemed to him as if a fleeting step and a cautious closing of the door leading to the anteroom had awakened him

اما به نظرش رسید که گامی زودگذر و بسته شدن محتاطانه در منتهی به پیشگاه او را بیدار کرده است.

The light of the electric tram lay pale here and there on the ceiling and on the higher parts of the furniture

نور تراموای برقی اینجا و آنجا روی سقف و قسمت های بالاتر مبلمان کمرنگ بود

but down at Gregor's level it was dark

اما در سطح گرگور تاریک بود

He slowly pushed himself towards the door to see what had happened there

آهسته خودش را به سمت در هل داد تا ببیند آنجا چه اتفاقی افتاده است

he was still clumsy with his feelers, which he only now learned to appreciate

او هنوز با احساساتش دست و پا چلفتی بود، که تازه یاد گرفت قدر آنها را بداند

His left side seemed to have one long, unpleasantly tight scar

به نظر می رسید که سمت چپ او یک جای زخم طولانی و به طرز ناخوشایند تنگ داشته باشد

and he had to literally limp on his two rows of legs

و مجبور شد به معنای واقعی کلمه روی دو ردیف پاهایش لنگ بزند

Incidentally, one of the legs had been seriously injured during the morning's incidents

اتفاقاً در حوادث صبح یکی از پاها به شدت آسیب دیده بود

it was almost a miracle that only one of his legs was injured

تقریباً یک معجزه بود که فقط یکی از پاهای او زخمی شد

and he dragged his leg lifelessly

و پایش را بی جان کشید

Only when he reached the door did he realize what had actually lured him there

تنها زمانی که به در رسید متوجه شد چه چیزی او را به آنجا کشانده است

it was the smell of something edible that had lured him there

بوی چیزی خوراکی بود که او را به آنجا کشاند

Because there was a bowl filled with sweet milk, in which small slices of white bread were floating

زیرا کاسه ای پر از شیر شیرین بود که تکه های کوچک نان سفید در آن شناور بود

He almost laughed with joy because he was even hungrier than in the morning

او تقریباً از خوشحالی خندید زیرا حتی گرسنه‌تر از صبح بود

and immediately he dipped his head almost up to his eyes into the milk

و بلافاصله سرش را تقریبا تا چشمانش در شیر فرو برد

But soon he pulled his head back disappointed

اما خیلی زود سرش را ناامید عقب کشید

It was not just that eating was difficult for him because of his delicate left side

فقط این نبود که غذا خوردن برایش به خاطر سمت چپ ظریفش سخت بود

he could only eat if his whole body was panting and working

او فقط زمانی می توانست غذا بخورد که تمام بدنش نفس نفس بزند و کار کند

but besides, he didn't like the milk, which was normally his favourite, at all

اما علاوه بر این، او شیر را که معمولاً مورد علاقه او بود، اصلا دوست نداشت

the sister had certainly given him the milk for this reason

خواهر مطمئناً به همین دلیل به او شیر داده بود

yes, he turned away from the bowl almost with reluctance

بله، تقریباً با اکراه از کاسه برگشت

and he crawled back to the middle of the room

و دوباره به وسط اتاق خزید

In the living room, as Gregor saw through the crack in the door, the gas was lit

در اتاق نشیمن، همانطور که گرگور از شکاف در دید، گاز روشن شد

At this time of day, the father used to read his afternoon newspaper to his mother and sometimes also to his sister in a raised voice

در این موقع از روز، پدر روزنامه بعدازظهر خود را برای مادرش و گاهی برای خواهرش با صدای بلند می خواند.

but today no sound was heard

اما امروز صدایی شنیده نشد

Now perhaps this reading aloud, which his sister always told him and wrote about, had recently become completely out of practice

حالا شاید این بلندخوانی که خواهرش همیشه به او می گفت و می نوشت، اخیراً کاملاً از عمل خارج شده بود

But it was so quiet all around, although the apartment was certainly not empty

اما اطراف آنقدر خلوت بود، اگرچه آپارتمان مطمئناً خالی نبود

"What a quiet life the family led," said Gregor

گرگور گفت: «خانواده چه زندگی آرامی داشتند

and he felt, as he stared into the darkness before him, a great pride

و همانطور که به تاریکی روبرویش خیره شده بود، احساس غرور بزرگی کرد

he was proud that he had been able to provide his parents and his sister with such a life in such a beautiful apartment

او مفتخر بود که توانسته است در چنین آپارتمان زیبایی برای والدین و خواهرش چنین زندگی را فراهم کند

But what if all peace, all prosperity, all contentment were to come to a terrible end?

اما اگر قرار بود همه صلح‌ها، همه رفاه‌ها، همه رضایت‌ها به پایانی وحشتناک برسد، چه؟

In order not to lose himself in such thoughts, Gregor preferred to get moving

برای اینکه خود را در چنین افکاری گم نکند، گرگور ترجیح داد حرکت کند

and he crawled up and down the room

و او در اتاق بالا و پایین خزید

Once during the long evening one side door and once the other was opened to a small crack

یک بار در طول غروب طولانی یک طرف در و یک بار در دیگری به یک شکاف کوچک باز شد

and quickly the door was closed again

و به سرعت در دوباره بسته شد

someone had the desire to come in, but also too many concerns

کسی تمایل داشت وارد شود، اما نگرانی های زیادی نیز داشت

Gregor now stopped directly at the living room door

گرگور اکنون مستقیماً جلوی درب اتاق نشیمن ایستاد

he was determined to somehow bring the hesitant visitor in

او مصمم بود که به نحوی بازدیدکننده مردد را به داخل بیاورد

he at least wanted to know who it was

او حداقل می خواست بداند کیست

but now the door was no longer opened and Gregor waited in vain

اما اکنون در دیگر باز نشده بود و گرگور بیهوده منتظر ماند

Early in the morning, when the doors were locked, everyone wanted to come in to him

صبح زود که در ها قفل بود همه می خواستند به سمت او بیایند

now that he had opened one door and the others had evidently been opened during the day, no one came

حالا که یکی از درها را باز کرده بود و درهای دیگر را ظاهراً در روز باز کرده بودند، کسی نیامد

and the keys were now also inserted from the outside

و اکنون کلیدها نیز از بیرون وارد شده بودند

Only late at night was the light in the living room turned off
فقط اواخر شب چراغ اتاق نشیمن خاموش بود

and now it was easy to see that the parents and sister had stayed awake so long
و حالا به راحتی می شد فهمید که والدین و خواهر مدت زیادی بیدار مانده اند

because as one could clearly hear, all three were now tiptoeing away
زیرا همانطور که به وضوح شنیده می شد، هر سه در حال حاضر نوک پا دور شده بودند

Now no one would come to Gregor until morning
حالا هیچ کس تا صبح نزد گرگور نمی آمد

So he had a long time to think undisturbed about how he should now reorganize his life
بنابراین او زمان زیادی داشت که بدون مزاحمت به این فکر کند که اکنون چگونه باید زندگی خود را سازماندهی کند

But the high, empty room in which he was forced to lie flat on the floor frightened him
اما اتاق مرتفع و خالی که در آن مجبور شد روی زمین دراز بکشد، او را می ترساند

it frightened him without him being able to find out the cause
بدون اینکه بتواند علت را دریابد او را می ترساند

because it was the room he had lived in for five years
چون اتاقی بود که پنج سال در آن زندگی کرده بود

and with a half-unconscious turn and not without a slight sense of shame, he hurried under the sofa
و با چرخشی نیمه ناخودآگاه و نه بدون احساس خجالت خفیف، سریع زیر مبل رفت.

under the sofa he immediately felt very comfortable again
زیر مبل بلافاصله دوباره احساس راحتی کرد

despite the fact that his back was a little pressed
با وجود اینکه کمرش کمی فشرده شده بود

and despite the fact that he could no longer raise his head
و با وجود اینکه دیگر نمی توانست سرش را بلند کند

and now he regretted that his body was too wide to be completely accommodated under the sofa

و حالا پشیمان بود که بدنش خیلی پهن بود و نمی‌توانست کاملاً زیر مبل قرار بگیرد

He stayed there the whole night, which he spent partly half asleep

او تمام شب را در آنجا ماند و تا حدودی نیمه خواب گذراند

the half-sleep from which hunger kept waking him

نیمه خوابی که گرسنگی مدام او را از خواب بیدار می‌کرد

but he spent part of the night in worries and vague hopes

اما بخشی از شب را در نگرانی و امیدهای مبهم گذراند

Hopes that all led to one conclusion

امید است که همه به یک نتیجه منجر شود

he had to remain quiet for the time being

او مجبور شد فعلاً ساکت بماند

and he had to make the inconveniences bearable through patience and the greatest consideration of the family

و او باید با صبر و توجه خانواده، ناراحتی‌ها را قابل تحمل می‌کرد

the inconvenience he was now forced to cause them in his present condition

ناراحتی که او اکنون مجبور شده بود در شرایط فعلی آنها را ایجاد کند

Already early in the morning, it was almost still night, Gregor had the opportunity to test the strength of his newly made decisions

در همان اوایل صبح، تقریباً هنوز شب بود، گرگور این فرصت را داشت که قدرت تصمیمات تازه گرفته شده خود را آزمایش کند.

because from the anteroom the sister, almost fully dressed, opened the door and looked in with excitement

چون خواهر از پیش اتاق که تقریباً لباس پوشیده بود، در را باز کرد و با هیجان به داخل نگاه کرد.

She didn't find him right away, but when she noticed him under the sofa...

بلافاصله او را پیدا نکرد، اما وقتی زیر مبل متوجه او شد ...

God, he had to be somewhere; he couldn't have flown away

خدایا او باید جایی می‌بود. او نمی توانست پرواز کند

She was so frightened that, without being able to control herself, she slammed the door from the outside

او چنان ترسیده بود که بدون اینکه بتواند خود را کنترل کند، در را از بیرون به هم کوبید.

But as if she regretted her behavior, she immediately opened the door again

اما انگار از رفتارش پشیمان شده بود، بلافاصله در را باز کرد

and she entered on tiptoe as if she were visiting a seriously ill person or even a stranger

و چنان با نوک پا وارد شد که انگار در حال ملاقات با یک بیمار سخت یا حتی یک غریبه است

Gregor had pushed his head almost to the edge of the sofa and was watching her

گرگور سرش را تقریباً به لبه مبل برده بود و او را تماشا می کرد

Would she notice that he had left the milk?

آیا او متوجه می شود که او شیر را رها کرده است؟

and he did not does this due to any lack of hunger

و به دلیل عدم گرسنگی این کار را نکرد

and he wondered whether she would bring in any other food

و او فکر کرد که آیا او غذای دیگری می آورد

A dish that suited him better

ظرفی که بیشتر به دردش می خورد

If she didn't do it herself, he would rather starve than make her aware of it

اگر خودش این کار را نمی کرد، ترجیح می داد از گرسنگی بمیرد تا اینکه او را از این موضوع آگاه کند

actually he was really tempted to shoot out from under the sofa

در واقع او واقعاً وسوسه شده بود که از زیر مبل شلیک کند

he wanted to throw himself at his sister's feet and ask her for something good to eat

می خواست خود را به پای خواهرش بیندازد و از او چیزی خوب برای خوردن بخواهد

But his sister immediately noticed with surprise that the bowl was still full

اما خواهرش بلافاصله با تعجب متوجه شد که کاسه هنوز پر است

the bowl from which only a little milk was spilled all around

کاسه ای که فقط کمی شیر از آن ریخته شده بود

She immediately picked up the bowl, not with her bare hands, but with a rag, and carried it out

او بلافاصله کاسه را نه با دست خالی، بلکه با پارچه ای برداشت و بیرون آورد

Gregor was extremely curious to see what she would bring as a replacement

گرگور بسیار کنجکاو بود که ببیند چه چیزی را به عنوان جایگزین می آورد

and he had various thoughts about it

و افکار مختلفی در مورد آن داشت

But he could never have guessed what the sister really did in her kindness

اما او هرگز نمی توانست حدس بزند که خواهر واقعاً با مهربانی خود چه کرد

To test his taste, she brought him a whole selection, all spread out on an old newspaper

برای آزمودن ذائقه‌اش، مجموعه‌ای کامل برای او آورد که همه در یک روزنامه قدیمی پخش شده بود

There was old, half-rotten vegetables

سبزی کهنه و نیمه گندیده بود

Bones from the evening meal surrounded by solidified white sauce

استخوان های غذای عصرانه که با سس سفید جامد احاطه شده است

a few raisins and almonds

چند عدد کشمش و بادام

a cheese that Gregor had declared inedible two days ago

پنیری که گرگور دو روز پیش غیرقابل خوردن اعلام کرده بود

a dry bread and a buttered bread

یک نان خشک و یک نان کره ای

and a salted bread spread with butter

و یک نان نمک زده با کره

In addition to all of this, she also placed a bowl that was probably intended for Gregor once and for all.

علاوه بر همه اینها، او یک کاسه را نیز قرار داد که احتمالا یک بار برای همیشه برای گرگور در نظر گرفته شده بود.

and she had poured water into the bowl

و او در کاسه آب ریخته بود

And out of delicacy, knowing that Gregor would not eat in front of her, she hurried away

و از روی ظرافت، چون می دانست که گرگور جلوی او غذا نمی خورد، با عجله رفت

and she even turned the key as she left

و او حتی کلید را هنگام رفتن چرخاند

so that only Gregor could notice that he could make himself as comfortable as he wanted

به طوری که فقط گرگور می توانست متوجه شود که او می تواند خود را تا آنجا که می خواهد راحت کند

Gregor's legs were whirring as it was time to eat

پاهای گرگور در حالی که زمان غذا خوردن فرا می رسید، می چرخید

it is worth noting that his wounds must have already completely healed

شایان ذکر است که زخم های او باید کاملاً بهبود یافته باشد

because he no longer felt any disability

چون دیگر احساس ناتوانی نمی کرد

He was amazed and thought about how he had cut his finger with the knife more than a month ago

او متحیر شد و به این فکر کرد که چگونه انگشت خود را بیش از یک ماه پیش با چاقو بریده است

and he remembered how this wound had hurt him enough the day before yesterday

و به یاد آورد که چگونه این زخم دیروز او را به اندازه کافی آزار داده بود

»am I be less sensitive now?« he thought

او فکر کرد: «الان کمتر حساس هستم؟»

and he was already sucking greedily on the cheese

و او قبلاً با حرص پنیر را می مکید

the cheese to which he was immediately and emphatically drawn above all other foods

پنیری که فوراً و قاطعانه بیش از همه غذاها به آن کشیده شد

Quickly one after the other and with eyes watering with satisfaction, he ate the cheese

سریع یکی پس از دیگری و با چشمانی پر از رضایت پنیر را خورد

and he ate the vegetables and the sauce

و سبزیجات و سس را خورد
The fresh food, however, did not taste good to him
غذای تازه اما برای او طعم خوبی نداشت
he couldn't even stand the smell of fresh food
او حتی نمی توانست بوی غذای تازه را تحمل کند
and he even dragged the things he wanted to eat a little further away
و حتی چیزهایی را که می خواست بخورد کمی دورتر کشید
He had already finished everything
او قبلاً همه چیز را تمام کرده بود
He was still lying lazily on the same spot when his sister came
هنوز با تنبلی در همان نقطه دراز کشیده بود که خواهرش آمد
As a sign that he should withdraw, she slowly turned the key
به نشانه اینکه او باید عقب نشینی کند، او به آرامی کلید را چرخاند
This startled him immediately, although he was almost asleep
این بلافاصله او را مبهوت کرد، اگرچه تقریباً خواب بود
and he hurried back under the sofa
و با عجله به زیر مبل برگشت
But it cost him great self-control to stay under the sofa
اما ماندن در زیر مبل به قیمت زیادی از خود کنترلی برای او تمام شد
even if it was only a short time that the sister was in the room
حتی اگر مدت کوتاهی بود که خواهر در اتاق بود
because his body had become a little rounded from the plentiful food
چون بدنش از غذای فراوان کمی گرد شده بود
and he could hardly breathe there in the narrow space
و او به سختی می توانست در آنجا در فضای باریک نفس بکشد
With small fits of suffocation, he watched with slightly bulging eyes
با حملات خفگی کوچک، با چشمان کمی برآمده تماشا می کرد
he watched as the unsuspecting sister hastily poured everything into a bucket with a broom

او نگاه کرد که خواهر بی خبر با عجله همه چیز را در سطلی با جارو ریخت

not only the leftovers, but even the food that Gregor had not even touched

نه تنها باقی مانده، بلکه حتی غذایی که گرگور حتی به آن دست نزده بود

as if these were no longer usable

انگار اینها دیگر قابل استفاده نیستند

and she closed the remains with a wooden lid, after which she carried everything out

و بقایای آن را با یک درب چوبی بست و پس از آن همه چیز را بیرون آورد

She had barely turned around when Gregor pulled himself out from under the sofa and stretched and puffed himself out

او به سختی برگشته بود که گرگور خود را از زیر مبل بیرون کشید و دراز کرد و خود را پف کرد.

In this way Gregor received his food every day

به این ترتیب گرگور غذای خود را هر روز دریافت می کرد

once in the morning, when the parents and the maid were still asleep

یک بار صبح که پدر و مادر و کنیز هنوز خواب بودند

the second time after the general lunch

بار دوم بعد از ناهار عمومی

because then the parents also slept for a while

زیرا پس از آن پدر و مادر نیز مدتی خوابیدند

and the maid was sent away by the sister on some errand

و خدمتکار توسط خواهر در یک مأموریت فرستاده شد

They certainly did not want Gregor to starve

آنها مطمئناً نمی خواستند گرگور از گرسنگی بمیرد

but perhaps they could not have borne to learn more about his food than by hearsay

اما شاید آنها نمی توانستند بیشتر از شنیده ها در مورد غذای او بیاموزند

perhaps the sister wanted to spare them a possibly only small grief

شاید خواهر می خواست آنها را از اندوه کوچکی در امان بدارد

because in fact they suffered just enough

زیرا در واقع آنها به اندازه کافی زجر کشیدند

Gregor had no way of knowing what excuses had been used to get the doctor and the locksmith out of the apartment that first morning.

گرگور هیچ راهی نداشت که بداند چه بهانه ای برای بیرون کردن دکتر و قفل ساز از آپارتمان در همان صبح اول به کار گرفته شده بود.

because he was not understood, no one, not even his sister, thought that he could understand the others

چون او را درک نمی کردند، هیچ کس، حتی خواهرش، فکر نمی کرد که بتواند دیگران را درک کند

and so, when the sister was in his room, he had to content himself with hearing only here and there her sighs

و بنابراین، وقتی خواهر در اتاقش بود، مجبور شد فقط به شنیدن صدای آه های او در اینجا و آنجا بسنده کند.

Only later, when she had become a little used to everything, did Gregor sometimes catch a remark

فقط بعداً، وقتی که کمی به همه چیز عادت کرده بود، گاهی اوقات گریگور به حرفی می افتاد

Of course, there could never be any talk of complete habituation

البته هرگز نمی‌توان از عادت کردن کامل صحبت کرد

a remark that was meant in a friendly way, or could be interpreted as such

سخنی که به صورت دوستانه در نظر گرفته شده بود یا می توان آن را چنین تفسیر کرد

He enjoyed it today, she said when Gregor had cleaned up the food

وقتی گرگور غذا را تمیز کرد، گفت: امروز از آن لذت برد

while in the opposite case, which gradually became more and more frequent, she would say almost sadly:

در حالی که در مورد مخالف، که به تدریج تکرار می شد، تقریباً با ناراحتی می گفت:

»Now all the food is left standing again«

"اکنون همه غذاها دوباره سرپا مانده اند"

While Gregor could not hear any news directly, he heard a lot from the adjoining rooms

در حالی که گرگور نمی توانست هیچ خبری را مستقیما بشنود، از اتاق های مجاور چیزهای زیادی شنید

and as soon as he heard voices, he immediately ran to the door in question and pressed himself against it with his whole body

و به محض شنیدن صداها بلافاصله به طرف در مورد نظر دوید و با تمام بدن خود را به آن فشار داد.

Especially in the early days, there was no conversation that did not somehow, even if only secretly, deal with him

مخصوصاً در روزهای اول، هیچ صحبتی وجود نداشت که به نحوی، حتی مخفیانه، با او برخورد نکند.

For two days, at every meal, discussions could be heard about how to behave now

به مدت دو روز، در هر وعده غذایی، بحث در مورد نحوه رفتار در حال حاضر شنیده می شد

but also between meals the same topic was discussed

اما بین وعده های غذایی نیز همین موضوع مورد بحث قرار گرفت

because there were always at least two family members at home

زیرا همیشه حداقل دو نفر از اعضای خانواده در خانه بودند

because nobody wanted to stay home alone

چون هیچ کس نمی خواست در خانه تنها بماند

and you couldn't leave the apartment completely

و شما نمی توانستید آپارتمان را به طور کامل ترک کنید

On the very first day, the maid had begged her mother on her knees to dismiss her immediately

در همان روز اول، خدمتکار به زانو از مادرش التماس کرده بود که فوراً او را اخراج کند

it was not entirely clear what and how much she knew about what had happened

کاملاً مشخص نبود که او چه چیزی و چقدر از آنچه اتفاق افتاده بود می دانست

and when she said goodbye a quarter of an hour later, she thanked for the release with tears

و وقتی یک ربع بعد خداحافظی کرد، با گریه از آزادی تشکر کرد

it was like the greatest favor that had been shown to her here

مثل بزرگترین لطفی بود که در اینجا به او نشان داده شده بود

and she made, without being asked to do so, a terrible oath not to reveal the slightest thing to anyone

و او بدون اینکه از او خواسته شود سوگند هولناکی کرد که کوچکترین چیزی را برای کسی فاش نکند.

Now the sister had to cook together with her mother

حالا خواهر باید با مادرش آشپزی می کرد

However, this was not much trouble, because they ate almost nothing

با این حال، این مشکل چندانی نداشت، زیرا آنها تقریباً چیزی نخوردند

Again and again Gregor heard how one person asked the other to eat in vain and received no other answer

گرگور بارها و بارها شنید که چگونه یک نفر از دیگری بیهوده غذا می خواهد و پاسخ دیگری دریافت نمی کند

»Thank you, I have enough«, or something similar

"ممنون، من به اندازه کافی دارم" یا چیزی مشابه

Maybe nothing was drunk either

شاید هم چیزی مست نبود

The sister often asked her father if he wanted beer

خواهر اغلب از پدرش می‌پرسید که آیا آبجو می‌خواهد؟

and she warmly offered to fetch the beer herself

و او به گرمی پیشنهاد کرد که آبجو را خودش بیاورد

and when the father remained silent, she said, in order to remove any doubts from him, that she could also send the maid

و چون پدر ساکت ماند، برای رفع شک و تردید گفت که می تواند کنیز را نیز بفرستد.

but then the father finally said a big "No"

اما سرانجام پدر یک "نه" بزرگ گفت

and it was no longer spoken of

و دیگر صحبتی از آن نشد

Already during the first day, the father explained the entire financial situation and prospects to both the mother and the sister

قبلاً در روز اول، پدر کل وضعیت مالی و چشم انداز را برای مادر و خواهر توضیح داد.

Now and then he got up from the table and fetched some receipt or some book of notes from his small cash box

گهگاهی از روی میز بلند می شد و از صندوق کوچکش یک رسید یا دفترچه یادداشت می آورد.
the cash register that he had saved from the collapse of his business five years ago
صندوقی که پنج سال پیش از سقوط کسب و کارش نجات داده بود
One could hear him unlocking the complicated lock and then locking it again after taking out the object
می شد شنید که قفل پیچیده را باز می کرد و بعد از بیرون آوردن جسم دوباره قفل می کرد
These explanations from his father were partly the first pleasant things Gregor had heard since his imprisonment
این توضیحات پدرش تا حدی اولین چیزهای خوشایندی بود که گرگور از زمان زندانش شنیده بود
He had been of the opinion that his father had not been left with anything from that business
او بر این عقیده بود که پدرش چیزی از آن تجارت باقی نمانده است
at least his father had not told him otherwise
حداقل پدرش چیز دیگری به او نگفته بود
and Gregor, however, had not asked him about it
و گرگور، با این حال، از او در این مورد سوال نکرده بود
Gregor's only concern at the time was to do everything he could to make the family forget the business misfortune as quickly as possible
تنها نگرانی گرگور در آن زمان این بود که هر کاری که می توانست انجام دهد تا خانواده بدبختی تجاری را هر چه سریعتر فراموش کنند.
the business misfortune that had brought everyone into complete hopelessness
بدبختی تجاری که همه را به ناامیدی کامل رسانده بود
And so he had started to work with a very special fire
و بنابراین او با یک آتش بسیار خاص شروع به کار کرده بود
and he had become a traveler almost overnight from a small clerk
و تقریباً یک شبه از یک کارمند کوچک مسافر شده بود
As a traveller he naturally had completely different opportunities to earn money
او به عنوان یک مسافر طبیعتاً فرصت های کاملاً متفاوتی برای کسب درآمد داشت

the work results could immediately be converted into cash in the form of commission

نتایج کار می تواند بلافاصله در قالب کمیسیون به پول نقد تبدیل شود

he was able to put the money on the table of the astonished and happy family at home

او توانست پول را روی میز خانواده حیرت زده و خوشحال در خانه بگذارد

Those were good times

روزگار خوبی بود

never again had these beautiful times been repeated, at least in this splendor

دیگر هرگز این دوران زیبا، حداقل با این شکوه، تکرار نشده بود

People had just gotten used to these good times, both the family and Gregor

مردم تازه به این روزهای خوب عادت کرده بودند، هم خانواده و هم گرگور

The money was gratefully accepted and he gladly handed it over

پول را با سپاس پذیرفتند و او با کمال میل آن را تحویل داد

but a special warmth no longer wanted to emerge

اما گرمای خاصی دیگر نمی خواست ظهور کند

Only his sister remained close to Gregor

فقط خواهرش به گرگور نزدیک شد

Unlike Gregor, she loved music very much

برخلاف گرگور، او موسیقی را بسیار دوست داشت

and she knew how to play the violin touchingly

و او می دانست که چگونه ویولن را به شکلی تاثیرگذار بنوازد

it was his secret plan to send his sister to the music school next year

این برنامه مخفی او بود که خواهرش را در سال آینده به مدرسه موسیقی بفرستد

without considering the huge costs this would entail

بدون در نظر گرفتن هزینه های هنگفت این امر

the costs that would somehow be covered by other means

هزینه هایی که به نوعی با روش های دیگر پوشش داده می شود

During Gregor's short stays in the city, the music school was often mentioned in conversations with his sister

در طول اقامت کوتاه گرگور در شهر، مدرسه موسیقی اغلب در گفتگو با خواهرش ذکر می شد

but it was always mentioned as a beautiful dream, the realization of which was out of the question

اما همیشه از آن به عنوان رویایی زیبا یاد می شد که تحقق آن دور از ذهن بود

and the parents did not even like to hear these innocent mentions

و والدین حتی دوست نداشتند این سخنان بی گناه را بشنوند

but Gregor thought very firmly about it and intended to declare it solemnly on Christmas Eve

اما گرگور بسیار محکم در مورد آن فکر کرد و قصد داشت آن را به طور رسمی در شب کریسمس اعلام کند

Such thoughts, quite useless in his current state, went through his head

چنین افکاری که در وضعیت فعلی کاملاً بی فایده بود، از سر او گذشت

while he stood there at the door and listened

در حالی که او آنجا دم در ایستاده بود و گوش می داد

Sometimes he could no longer listen because of general tiredness

گاهی به دلیل خستگی عمومی دیگر نمی توانست گوش کند

and he let his head hit the door carelessly

و اجازه داد سرش بیخیال به در بخورد

but he immediately held his head again

اما بلافاصله دوباره سرش را نگه داشت

because even the small noise he had caused was heard next door

زیرا حتی صدای کوچکی که او ایجاد کرده بود از همسایگی شنیده می شد

and the noise had silenced everyone

و سر و صدا همه را ساکت کرده بود

»What is he doing now,« said the father after a while, obviously turning towards the door

پدر پس از مدتی که آشکارا به سمت در چرخید، گفت: «الان چه می‌کند».

and only then was the interrupted conversation gradually resumed

و تنها پس از آن مکالمه قطع شده به تدریج از سر گرفته شد

Gregor now learned that despite all the misfortune, a very small fortune from the old days was still there

گرگور اکنون فهمید که با وجود همه بدبختی ها، ثروت بسیار کمی از روزهای قدیم هنوز وجود دارد

because the father often repeated himself in his explanations:

زیرا پدر اغلب در توضیحات خود تکرار می کرد:

partly because he himself had not dealt with these things for a long time

تا حدودی به این دلیل که خود او برای مدت طولانی با این چیزها سروکار نداشت

partly because the mother did not understand everything the first time

تا حدودی به این دلیل که مادر بار اول همه چیز را درک نکرد

In the meantime, the untouched interest rates had increased a little

در این بین نرخ های بهره دست نخورده اندکی افزایش یافته بود

In addition, the money that Gregor had brought home every month had not been completely used up

علاوه بر این، پولی که گرگور هر ماه به خانه آورده بود، کاملاً تمام نشده بود

he himself had only kept a few guilders for himself

خودش فقط چند گیلدر برای خودش نگه داشته بود

and the money had accumulated to a small capital

و پول به یک سرمایه کوچک انباشته شده بود

Gregor, behind his door, nodded eagerly, pleased by this unexpected caution and frugality

گرگور، پشت در، از این احتیاط و صرفه جویی غیرمنتظره، با اشتیاق سری تکان داد.

Actually, he could have used these surplus funds to pay off his father's debt to his boss

در واقع، او می توانست از این سرمایه های مازاد برای پرداخت بدهی پدرش به رئیسش استفاده کند

and the day when he could have gotten rid of that post would have been much closer

و روزی که می توانست از شر آن پست خلاص شود بسیار نزدیکتر بود

but now it was undoubtedly better the way the father had arranged it

اما اکنون بدون شک آنطور که پدر تنظیم کرده بود بهتر بود

But this money was not enough to let the family live off the interest

اما این پول به اندازه ای نبود که خانواده با بهره زندگی کنند

it was perhaps enough to support the family for one or two years at most, but that was all

شاید برای حمایت از خانواده حداکثر برای یک یا دو سال کافی بود، اما تمام

So it was just a sum that was not actually allowed to be touched

بنابراین این فقط مبلغی بود که در واقع اجازه نداشتند به آن دست بزنند

a sum that had to be set aside for emergencies

مبلغی که باید برای مواقع اضطراری کنار گذاشته می شد

But you had to earn the money to live

اما برای زندگی باید پول به دست می آورد

Now the father was a healthy but old man who had not worked for five years

حالا پدر مردی سالم اما پیر بود که پنج سال بود کار نکرده بود

but an old man who certainly did not have much confidence in himself

اما پیرمردی که مطمئناً اعتماد چندانی به خود نداشت

he had put on a lot of fat in these five years

او در این پنج سال چربی زیادی اضافه کرده بود

It was the first holiday of his arduous and yet unsuccessful life

اولین تعطیلات زندگی پرمشقت و در عین حال ناموفق او بود

and he had become quite clumsy

و او کاملاً دست و پا چلفتی شده بود

And the old mother should now perhaps earn money?

و مادر پیر در حال حاضر باید درآمد کسب کند؟

the old mother who suffered from asthma?

مادر پیری که از آسم رنج می برد؟

the walk through the apartment already caused her strain

قدم زدن در آپارتمان قبلاً باعث فشار او شده بود

the old mother who spent every other day on the sofa by the open window having difficulty breathing?

مادر پیری که یک روز در میان روی مبل کنار پنجره باز با مشکل نفس کشیدن می گذراند؟

And the sister should earn money?

و خواهر باید درآمد کسب کند؟

the sister who was still a child at seventeen years

خواهری که در هفده سالگی هنوز بچه بود

she knew that her previous way of life was very enviable

او می‌دانست که شیوه زندگی قبلی‌اش بسیار غبطه‌انگیز است

her previous way of life consisted of dressing nicely, sleeping late, and helping out in the household

روش قبلی زندگی او شامل لباس پوشیدن زیبا، دیر خوابیدن و کمک به خانه بود

the sister who had only a few modest pleasures?

خواهری که فقط کمی لذت داشت؟

the sister who mainly enjoyed playing the violin?

خواهری که بیشتر از نواختن ویولن لذت می برد؟

When the conversation turned to this need to earn money, Gregor was always the first to let go of the door

وقتی گفتگو به این نیاز به کسب درآمد تبدیل شد، گرگور همیشه اولین کسی بود که از در را رها می کرد

and he threw himself onto the cool leather sofa next to the door

و خودش را روی مبل چرمی خنک کنار در پرت کرد

for he was hot with shame and grief

زیرا او از شرم و اندوه داغ بود

He often lay there all night long

او اغلب تمام شب را در آنجا دراز می کشید

He didn't sleep for a moment and just scratched out on the leather for hours

او یک لحظه نخوابید و ساعت ها روی چرم خراشید

Or he did not shy away from the great effort of pushing an armchair to the window

یا از تلاش زیاد هل دادن صندلی راحتی به پنجره ابایی نداشت

He crawled up the window sill and, propped up in the armchair, leaned against the window

از طاقچه بالا رفت و روی صندلی تکیه داد و به پنجره تکیه داد

Apparently just to find something liberating in some memory

ظاهراً فقط برای یافتن چیزی رهایی بخش در برخی خاطرات

the liberating feeling he had previously found in looking out of the window

احساس رهایی بخش که قبلاً در نگاه کردن به بیرون از پنجره پیدا کرده بود

In fact, from day to day he saw things that were even a little bit far away more and more indistinctly

در واقع، او روز به روز چیزهایی را می دید که حتی کمی دورتر بودند، به طور نامشخصی

the hospital opposite, whose all too frequent sight he had previously cursed

بیمارستان روبه‌رو، که قبلاً مکرر منظره‌اش را نفرین کرده بود

he couldn't see the hospital anymore

او دیگر نمی توانست بیمارستان را ببیند

and if he had not known exactly that he lived in the quiet but completely urban Charlottenstrasse, he might have thought that he was looking out of his window into a deserted area

و اگر دقیقاً نمی دانست که در خیابان ساکت اما کاملاً شهری شارلوتن استراس زندگی می کند، شاید فکر می کرد که از پنجره خود به منطقه ای متروک نگاه می کند.

a wasteland in which the grey sky and the grey earth merged indistinguishably

زمین بایری که در آن آسمان خاکستری و زمین خاکستری به طرز غیر قابل تشخیصی با هم ادغام شدند

Only twice had the attentive sister noticed that the chair was by the window

فقط دو بار خواهر مراقب متوجه شد که صندلی کنار پنجره است

After she had tidied the room, she pushed the chair back to the window

بعد از اینکه اتاق را مرتب کرد، صندلی را به سمت پنجره هل داد

and from now on she even left the inner window sash open

و از این به بعد حتی ارسی پنجره داخلی را باز گذاشت

If only Gregor could have spoken to his sister and thanked her for everything

کاش گرگور می توانست با خواهرش صحبت کند و از او برای همه چیز تشکر کند

then he would have tolerated their services more easily

در این صورت او خدمات آنها را راحت تر تحمل می کرد

but as it was, he only suffered from it

اما همانطور که بود، او فقط از آن رنج می برد

The sister, of course, tried to blur the embarrassment of the whole thing as much as possible

خواهر البته سعی کرد تا جایی که ممکن است خجالت همه چیز را محو کند

and the longer time passed, the better she succeeded, of course

و هر چه زمان بیشتر می گذشت، البته او بهتر موفق می شد

but Gregor also saw through everything much more clearly over time

اما گرگور همچنین در طول زمان همه چیز را بسیار واضح تر دید

Even her entry into his room was terrible for him

حتی ورود او به اتاقش برای او وحشتناک بود

As soon as she entered, she ran straight to the window without taking the time to close the door

به محض ورود، بدون اینکه وقت بگذارد در را ببندد، مستقیم به سمت پنجره دوید

as much as she otherwise took care to spare everyone the sight of Gregor's room

به همان اندازه که او در غیر این صورت مراقب بود که همه از دیدن اتاق گرگور چشم پوشی کنند

and she tore open the window with hasty hands, as if she were almost suffocating

و با دستان شتابزده پنجره را باز کرد، انگار که داشت خفه می شد

and she stayed at the window for a while, even though it was so cold, and breathed deeply

و با اینکه هوا خیلی سرد بود، مدتی پشت پنجره ماند و نفس عمیقی کشید

With this running and noise she frightened Gregor twice a day

با این دویدن و سر و صدا، گرگور را دو بار در روز می ترساند

the whole time he was shaking under the sofa
تمام مدت زیر مبل می لرزید
and he knew very well that she would certainly have gladly spared him
و او به خوبی می دانست که او مطمئناً با کمال میل به او رحم می کرد
if only she had been able to stay in a room where Gregor was with the window closed
اگر فقط می توانست در اتاقی بماند که گرگور با پنجره بسته بود
Once she came a little earlier than usual
یک بار کمی زودتر از همیشه آمد
It had probably been a month since Gregor's transformation
احتمالاً یک ماه از تغییر شکل گرگور گذشته بود
and there was no longer any particular reason for the sister to be astonished by Gregor's appearance
و دیگر دلیل خاصی وجود نداشت که خواهر از ظاهر گرگور شگفت زده شود
and she found Gregor, motionless and in a frightening mood, looking out of the window
و گرگور را پیدا کرد که بی حرکت و با حالتی ترسناک از پنجره به بیرون نگاه می کرد
It would not have been unexpected for Gregor if she had not entered
اگر گرگور وارد نمی شد، برای گرگور غیرمنتظره نبود
because his position prevented her from opening the window immediately
زیرا موقعیت او مانع از باز کردن سریع پنجره شد
but not only did she not enter, she even backed away and closed the door
اما نه تنها وارد نشد، بلکه حتی عقب نشینی کرد و در را بست
a stranger could have thought that Gregor was lying in wait for her and wanted to bite her
یک غریبه می توانست فکر کند که گرگور در کمین او نشسته است و می خواهد او را گاز بگیرد
Gregor, of course, immediately hid under the sofa
البته گرگور بلافاصله زیر مبل پنهان شد
but he had to wait until noon before his sister returned
اما باید تا ظهر صبر می کرد تا خواهرش برگردد

and she seemed much more restless than usual

و او بسیار بی قرارتر از حد معمول به نظر می رسید

He realized that the sight of him was still unbearable for her

او متوجه شد که دیدن او هنوز برای او غیرقابل تحمل است

and he also realized that the sight of him would remain unbearable for her

و همچنین متوجه شد که دیدن او برای او غیرقابل تحمل خواهد بود

she had to overcome herself not to run away from the sight of even a small part of his body

او باید بر خود غلبه می کرد تا حتی از دیدن قسمت کوچکی از بدن او فرار نکند

the sight of his body protruding slightly from the sofa

نمای بدنش که کمی از مبل بیرون زده بود

To spare her this sight, one day he carried the sheet on his back to the sofa

برای اینکه او را از این منظره در امان بگذارد، یک روز ملحفه را روی پشتش به سمت مبل برد

and he arranged the sheet in such a way that he was now completely hidden

و برگه را طوری مرتب کرد که اکنون کاملاً پنهان شده بود

so that the sister, even if she bent down, could not see him

به طوری که خواهر حتی اگر خم می شد نمی توانست او را ببیند

It took him four hours to complete this work

چهار ساعت طول کشید تا این کار را تمام کند

If she didn't think this sheet was necessary, she could have removed it

اگر فکر نمی کرد این برگه ضروری است، می توانست آن را حذف کند

It was clear enough that it could not be Gregor's pleasure to shut himself off so completely

به اندازه کافی واضح بود که نمی‌توانست گرگور را خوشحال کند که خود را تا این حد کاملاً ببندد

but she left the sheet as it was

اما او برگه را همانطور که بود رها کرد

and Gregor even thought he had caught a grateful look

و گرگور حتی فکر کرد که نگاهی سپاسگزار به خود گرفته است

when he once gently lifted the sheet a little with his head

زمانی که یک بار ملافه را کمی با سرش بلند کرد

to see how the sister reacted to the new arrangement
تا ببینیم خواهر به ترتیب جدید چه واکنشی نشان می دهد

During the first fourteen days, the parents could not bring themselves to come in to see him
در چهارده روز اول، پدر و مادر نمی توانستند برای دیدن او وارد شوند

and he often heard them fully acknowledging the sister's current work
و او اغلب می شنید که آنها به طور کامل کار فعلی خواهر را تصدیق می کنند

even though they had often been annoyed with their sister
حتی اگر آنها اغلب از خواهر خود دلخور شده بودند

because she had seemed to them to be a somewhat useless girl
زیرا به نظر آنها دختری تا حدی بیهوده به نظر می رسید

But now both father and mother often waited outside Gregor's room
اما حالا پدر و مادر اغلب بیرون از اتاق گرگور منتظر می ماندند

while the sister was cleaning up
در حالی که خواهر مشغول تمیز کردن بود

and as soon as she came out, she had to tell exactly what the room looked like
و به محض بیرون آمدن، باید می گفت که اتاق دقیقاً چه شکلی است

»What did Gregor eat?«
"گرگور چه خورد؟"

»How did he behave this time?«
"این بار چطور رفتار کرد؟"

»Was there perhaps a slight improvement to be noticed?«
"آیا شاید بهبود جزئی قابل مشاهده باشد؟"

The mother, by the way, wanted to visit Gregor relatively soon
اتفاقاً مادر می خواست نسبتاً زود به دیدار گرگور برود

but her father and sister initially held her back with rational reasons
اما پدر و خواهرش در ابتدا او را با دلایل منطقی نگه داشتند

reasons to which Gregor listened very attentively and which he fully approved
دلایلی که گرگور با دقت به آنها گوش داد و کاملاً آنها را تأیید کرد

Later, however, they had to be held back by force
اما بعداً مجبور شدند به زور جلوی آنها را بگیرند
»Let me go to Gregor, he is my unfortunate son!«
"بگذار برم پیش گرگور، او پسر بدبخت من است!"
Don't you understand that I have to go to him?
نمیفهمی که باید برم پیشش؟
then Gregor thought that perhaps it would be good if his mother came in
سپس گرگور فکر کرد که شاید خوب باشد اگر مادرش وارد شود
not every day of course, but maybe once a week
البته نه هر روز، اما شاید یک بار در هفته
she understood everything much better than her sister
او همه چیز را خیلی بهتر از خواهرش می فهمید
the sister who, despite all her courage, was still just a child
خواهری که با وجود همه شجاعتش هنوز بچه بود
and in the final analysis she may have undertaken such a difficult task only out of childish recklessness
و در تحلیل نهایی ممکن است تنها از روی بی پروایی کودکانه دست به چنین کار دشواری زده باشد
Gregor's wish to see his mother soon came true
آرزوی گرگور برای دیدن مادرش به زودی محقق شد
During the day, Gregor did not want to show himself at the window out of consideration for his parents
در طول روز، گرگور به خاطر توجه به پدر و مادرش نمی خواست خود را پشت پنجره نشان دهد
He could not crawl much on the few square meters of floor
او نمی توانست روی چند متر مربع زمین زیاد بخزد
He found it difficult to lie still during the night
برای او سخت بود که در طول شب بی حرکت دراز بکشد
Eating no longer gave him the slightest pleasure anymore
دیگر غذا خوردن کمترین لذتی به او نمی داد
and so, to distract himself, he took up the habit of crawling back and forth across walls and ceilings
و بنابراین، برای پرت کردن حواس خود، عادت به خزیدن این طرف و آن طرف در دیوارها و سقف ها را گرفت
He especially liked to hang up on the ceiling

او به خصوص دوست داشت تلفن را روی سقف آویزان کند

it was completely different than lying on the floor

کاملاً متفاوت از دراز کشیدن روی زمین بود

you breathed more freely; a slight vibration went through your body

آزادتر نفس کشیدی؛ لرزش خفیفی از بدنت گذشت

and in the almost happy distraction in which Gregor found himself up there, it could happen that, to his own surprise, he let go and hit the ground

و در حواس پرتی تقریباً خوشحالی که گرگور در آن بالا خود را پیدا کرد، ممکن است اتفاق بیفتد که در کمال تعجب خودش رها کند و به زمین بخورد.

But now, of course, he had control over his body in a completely different way than before

اما حالا او البته به روشی کاملاً متفاوت از قبل بر بدن خود کنترل داشت

and he did not damage himself in such a big fall

و در چنین سقوط بزرگی به خود آسیبی نزد

The sister immediately noticed the new entertainment that Gregor had found for himself

خواهر بلافاصله متوجه سرگرمی جدیدی شد که گرگور برای خودش پیدا کرده بود

He also left traces of his adhesive here and there as he crawled

او همچنین هنگام خزیدن ردی از چسب خود را اینجا و آنجا به جای گذاشته است

and then she took it into her head to enable Gregor to crawl to the greatest extent

و سپس آن را در سرش برد تا گرگور بتواند تا حد زیادی بخزد

and she decided to remove the furniture that prevented his movements

و تصمیم گرفت اثاثیه ای را که مانع حرکات او می شد را بردارد

especially the box and the desk

مخصوصا جعبه و میز

But of course she was not able to do this alone

اما البته او به تنهایی قادر به انجام این کار نبود

She did not dare to ask her father for help

جرات نمی کرد از پدرش کمک بخواهد

the maid would certainly not have helped her
خدمتکار مطمئناً به او کمک نمی کرد

because this girl, aged about sixteen, had been working bravely since the dismissal of the former cook
زیرا این دختر حدود شانزده ساله از زمان اخراج آشپز سابق شجاعانه کار می کرد

but she had asked for the privilege of being allowed to keep the kitchen locked at all times
اما او این امتیاز را خواسته بود که اجازه داشته باشد آشپزخانه را همیشه قفل نگه دارد

and she asked to only open on special call
و او خواست که فقط در تماس ویژه باز شود

So the sister had no choice but to fetch her mother in the absence of her father
پس خواهر چاره ای نداشت جز اینکه در غیاب پدرش مادرش را بیاورد

With cries of excited joy the mother also came
مادر نیز با گریه های هیجان زده آمد

but she fell silent at the door to Gregor's room
اما در مقابل در اتاق گرگور ساکت شد

First, of course, the sister checked whether everything in the room was OK
البته ابتدا خواهر بررسی کرد که آیا همه چیز در اتاق خوب است یا خیر

only then did she let her mother enter
تنها پس از آن به مادرش اجازه داد وارد شود

Gregor had hastily pulled the sheet deeper and into more folds
گرگور با عجله ورق را عمیق تر و در چین های بیشتری کشیده بود

the whole thing really just looked like a sheet thrown randomly over the sofa
همه چیز واقعاً شبیه یک ملحفه بود که به طور تصادفی روی مبل پرتاب شده است

Gregor also refrained from spying under the sheet
گرگور همچنین از جاسوسی زیر برگه خودداری کرد

he decided not to see his mother this time
تصمیم گرفت این بار مادرش را نبیند

and he was just glad that she had come after all
و او فقط خوشحال بود که او بالاخره آمده بود

Come on, you can't see him, said the sister
خواهر گفت بیا، نمی توانی او را ببینی
and apparently she led her mother by the hand
و ظاهراً دست مادرش را گرفته بود
Gregor now heard the two weak women moving the heavy old box from its place
گرگور اکنون شنید که دو زن ضعیف جعبه قدیمی سنگین را از جایش حرکت می‌دهند
and he heard how the sister always claimed most of the work for herself
و او شنید که چگونه خواهر همیشه بیشتر کار را برای خودش ادعا می کند
she did this without listening to the warnings of her mother, who feared that she would overexert herself
او این کار را بدون گوش دادن به هشدارهای مادرش انجام داد، مادرش می‌ترسید که او بیش از حد خود را تحت فشار قرار دهد
It took a very long time
خیلی طول کشید
After about fifteen minutes of work, the mother said that it would be better to leave the box here
بعد از حدود پانزده دقیقه کار، مادر گفت که بهتر است جعبه را اینجا بگذاریم
because firstly the box is too heavy
چون اولا جعبه خیلی سنگینه
they would not finish before the father arrived
آنها قبل از آمدن پدر تمام نمی کردند
and they would use the box in the middle of the room to block Gregor's every path
و از جعبه ای که در وسط اتاق بود استفاده می کردند تا تمام مسیرهای گرگور را مسدود کنند
Secondly, it is not at all certain that Gregor was doing himself a favour by removing the furniture
ثانیاً، اصلاً مشخص نیست که گرگور با برداشتن اثاثیه به خودش لطفی کرده است
The opposite seems to be the case
به نظر می رسد که برعکس این قضیه صادق است

The sight of the empty wall almost weighed on her heart

دیدن دیوار خالی تقریباً روی قلبش سنگینی کرد

and why shouldn't Gregor also have this feeling?

و چرا گرگور نیز نباید این احساس را داشته باشد؟

since he is already used to the furniture in the room and will therefore feel abandoned in the empty room

از آنجایی که او قبلاً به مبلمان اتاق عادت کرده است و بنابراین در اتاق خالی احساس رها شدن می کند

»And isn't it so,« the mother concluded very quietly, as she almost whispered

مادر در حالی که تقریباً زمزمه می کرد، خیلی آرام نتیجه گرفت: «و اینطور نیست».

as if she wanted to avoid Gregor, whose exact whereabouts she did not know, even hearing the sound of the voice

انگار می خواست حتی با شنیدن صدای صدا از گرگور که محل دقیقش را نمی دانست دوری کند.

because she was convinced that he did not understand the words

زیرا او متقاعد شده بود که او کلمات را درک نمی کند

And is it not as if, by removing the furniture, we were showing that we were giving up all hope of improvement?

و آیا اینطور نیست که با برداشتن اثاثیه، نشان می دادیم که تمام امید به بهبود را از دست داده ایم؟

»Doesn't it seem as if we are recklessly leaving him to his own devices?«

"به نظر نمی رسد که ما بی پروا او را به حال خود رها می کنیم؟"

»I think it would be best if we tried to keep the room exactly as it was before«

«فکر می‌کنم اگر سعی کنیم اتاق را دقیقاً مثل قبل نگه داریم، بهتر است»

»so that when Gregor comes back to us, he will find everything unchanged«

"به طوری که وقتی گرگور به ما بازگردد، همه چیز را بدون تغییر پیدا کند"

»so that he can all the more easily forget the interim period«

"تا او راحت تر بتواند دوره موقت را فراموش کند"

When Gregor heard these words from his mother, he realized something

وقتی گرگور این کلمات را از مادرش شنید، متوجه چیزی شد

In the course of these two months his mind had become confused

در طول این دو ماه ذهنش گیج شده بود

the lack of any direct human contact

فقدان هر گونه تماس مستقیم انسانی

associated with the monotonous life in the midst of the family

مرتبط با زندگی یکنواخت در میان خانواده

for he could not otherwise explain how he could have seriously demanded that his room be emptied

زیرا او نمی‌توانست توضیح دهد که چگونه می‌توانست به‌طور جدی خواستار تخلیه اتاقش شود

Did he really want to have the warm room, comfortably furnished with inherited furniture, turned into a cave?

آیا او واقعاً می خواست اتاق گرمی را که به راحتی با مبلمان موروثی مبله شده بود، به غار تبدیل کند؟

a cave in which he could crawl in all directions undisturbed

غاری که در آن می توانست بدون مزاحمت به همه جهات بخزد

but this under simultaneous, rapid, complete forgetting of his human past

اما این تحت فراموشی همزمان، سریع و کامل گذشته انسانی خود

Was he already close to forgetting?

آیا او قبلاً نزدیک به فراموشی بود؟

only the voice of his mother, which he had not heard for a long time, had shaken him

فقط صدای مادرش که مدتها بود نشنیده بود او را تکان داده بود

Nothing should be removed, everything had to stay

هیچ چیزی نباید حذف شود، همه چیز باید باقی می ماند

He could not do without the positive effects of the furniture on his condition

او نمی توانست بدون تأثیرات مثبت مبلمان بر وضعیت خود کار کند

and if the furniture prevented him from doing the senseless crawling around, it was no harm

و اگر اسباب و اثاثیه او را از خزیدن بیهوده در اطراف باز داشت، ضرری نداشت

instead it was a great advantage

در عوض یک مزیت بزرگ بود

But unfortunately the sister had a different opinion

اما متاسفانه خواهر نظر دیگری داشت

she had gotten into the habit of acting as a special expert when discussing Gregor's wishes with his parents

او عادت کرده بود در هنگام بحث در مورد خواسته های گرگور با والدینش به عنوان یک متخصص خاص عمل کند

however, it was not entirely unjustified here

با این حال، در اینجا کاملاً غیر قابل توجیه نبود

and so now the mother's advice was reason enough for the sister to insist on the removal

و بنابراین اکنون توصیه مادر دلیل کافی برای خواهر برای اصرار بر حذف بود

but not only the removal of the box and the desk, but also all the furniture

اما نه تنها جعبه و میز، بلکه تمام اثاثیه

with the exception of the indispensable sofa

به استثنای مبل ضروری

Of course, it was not just childish defiance that made her make this demand

البته این فقط سرپیچی های کودکانه نبود که او را وادار به این خواسته کرد

it wasn't her recently acquired self-confidence, so unexpected and hard-won either

این اعتماد به نفسی که اخیراً به دست آورده بود، آنقدر غیرمنتظره و به سختی هم نبود

she had actually observed that Gregor needed a lot of space to crawl

او در واقع مشاهده کرده بود که گرگور به فضای زیادی برای خزیدن نیاز دارد

On the other hand, the furniture, as far as one could see, was not in the least usable

از طرفی اثاثیه، تا جایی که می شد دید، حداقل قابل استفاده نبود

But perhaps the romantic spirit of girls her age also played a role

اما شاید روحیه عاشقانه دختران هم سن و سال او نیز نقش داشته است

the desire that seeks satisfaction at every opportunity to make Gregor's situation even more terrifying

آرزویی که در هر فرصتی به دنبال رضایت است تا وضعیت گرگور را وحشتناک تر کند

in order to be able to do even more for him than she had done so far

تا بتواند حتی بیشتر از آنچه تاکنون انجام داده بود برای او انجام دهد

the enthusiastic spirit through which Grete now allowed herself to be seduced

روحیه مشتاقی که از طریق آن گرت اکنون به خود اجازه می دهد که اغوا شود

Because in a room where Gregor alone dominated the empty walls, no one except Grete would ever dare to enter

زیرا در اتاقی که گرگور به تنهایی بر دیوارهای خالی تسلط داشت، هیچ کس جز گرت جرات نمی کرد وارد شود.

And so she did not let her mother dissuade her from her decision

و بنابراین او اجازه نداد مادرش او را از تصمیم خود منصرف کند

Well, Gregor could still do without the box in an emergency

خوب، گرگور همچنان می‌توانست بدون جعبه در مواقع اضطراری کار کند

but the desk had to stay

اما میز باید می ماند

And the women had barely left the room with the box when Gregor poked his head out from under the sofa

و زنان به سختی از اتاق با جعبه خارج شده بودند که گرگور سرش را از زیر مبل بیرون آورد

to see how he could intervene carefully and as considerately as possible

تا ببیند که چگونه می تواند با دقت و تا حد امکان مداخله کند

But unfortunately it was the mother who returned first

اما متاسفانه این مادر بود که اول برگشت

while Grete held the box in the next room

در حالی که گرت جعبه را در اتاق بعدی نگه داشت

She swung the box back and forth alone, without moving it from its place, of course

او جعبه را به تنهایی به جلو و عقب تاب داد، البته بدون اینکه از جایش حرکت کند

But the mother was not used to seeing Gregor, he could have made her ill

اما مادر به دیدن گرگور عادت نداشت، او می توانست او را بیمار کند

and so Gregor rushed backwards, frightened, to the other end of the sofa

و بنابراین گرگور ترسیده به سمت عقب به طرف دیگر مبل دوید

but he could no longer prevent the sheet from moving a little in front

اما دیگر نمی توانست جلوی حرکت ورق را کمی جلوتر بگیرد

That was enough to get the mother's attention

همین برای جلب توجه مادر کافی بود

She paused, stood still for a moment, and then went back to Grete

مکث کرد، لحظه ای ثابت ایستاد و سپس به سمت گرت برگشت

Gregor kept telling himself that nothing unusual was happening

گرگور مدام به خود می گفت که هیچ چیز غیرعادی اتفاق نمی افتد

It's just a few pieces of furniture that have been moved

این فقط چند تکه مبلمان است که جابجا شده است

but he soon had to admit that it did affect him

اما به زودی مجبور شد اعتراف کند که بر او تأثیر گذاشته است

this walking back and forth of the women, their little calls, the scratching of the furniture on the floor

این رفت و آمد زنان، صداهای کوچکشان، خراشیدن مبلمان روی زمین

like a great turmoil fed from all sides

مثل یک آشفتگی بزرگ که از هر طرف تغذیه می شود

he pulled his head and legs towards him as tightly as he could

سر و پاهایش را تا جایی که می توانست به سمت خودش کشید

and he pressed the body to the ground

و جسد را به زمین فشار داد

and inevitably he told himself that he would not be able to endure this for long

و به ناچار به خود گفت که نمی تواند مدت زیادی این را تحمل کند

They cleared out his room and took everything he loved

اتاقش را خالی کردند و هر چیزی را که دوست داشت بردند
They had already carried out the box containing the jigsaw and other tools
آنها قبلا جعبه حاوی اره منبت کاری اره مویی و ابزارهای دیگر را حمل کرده بودند
They now loosened the desk which was already firmly buried in the ground
آنها اکنون میزی را که قبلاً محکم در زمین فرو رفته بود، شل کردند
the desk at which he had written his assignments as a business graduate and as a student
میزی که تکالیف خود را به عنوان فارغ التحصیل رشته بازرگانی و دانشجویی روی آن نوشته بود
yes, even as a primary school student he worked on this desk
بله، حتی به عنوان دانش آموز دبستان روی این میز کار می کرد
he really had no time to check the good intentions
او واقعاً زمانی برای بررسی نیت خوب نداشت
despite the fact that the two women really had good intentions
با وجود اینکه این دو زن واقعاً نیت خوبی داشتند
He had almost forgotten their existence
تقریبا وجود آنها را فراموش کرده بود
because they were already working silently from exhaustion
زیرا آنها قبلاً از شدت خستگی در سکوت کار می کردند
and one could only hear the heavy tapping of their feet
و فقط صدای ضربه سنگین پاهایشان را می شد شنید
And so he broke forth
و به این ترتیب او ظهور کرد
the women were leaning on the desk in the next room to catch their breath
زن ها روی میز اتاق کناری تکیه داده بودند تا نفسی تازه کنند
he changed the direction of his run four times
او چهار بار جهت دویدن خود را تغییر داد
he really didn't know what to save first
او واقعاً نمی‌دانست چه چیزی را اول ذخیره کند
there he saw the picture of the lady dressed in furs hanging conspicuously on the otherwise empty wall

در آنجا او عکس خانمی را دید که خز پوشیده بود که به وضوح روی دیوار خالی آویزان بود.

he quickly crawled up and pressed himself against the glass

سریع خزید و خودش را به شیشه فشار داد

the glass that held him and comforted his hot belly

لیوانی که نگهش داشت و به شکم داغش آرامش می داد

This picture, at least, which Gregor now completely covered, would certainly not be taken away

این تصویر، حداقل، که گرگور اکنون به طور کامل آن را پوشش داده است، مطمئناً از بین نخواهد رفت

He turned his head towards the living room door to watch the women return

سرش را به سمت در اتاق نشیمن چرخاند تا بازگشت زنان را تماشا کند

They had not allowed themselves much rest and came back

استراحت چندانی به خود نداده بودند و برگشتند

Grete had put her arm around her mother and was almost carrying her

گرت بازویش را دور مادرش گذاشته بود و تقریبا داشت او را حمل می کرد

»So what shall we take now?« said Grete and looked around

گریت گفت: «خب حالا چی بگیریم؟» و به اطراف نگاه کرد

Then her eyes met Gregor's on the wall

سپس چشمان گرگور به دیوار برخورد کرد

It was probably only due to the presence of her mother that she kept her composure

احتمالا فقط به خاطر حضور مادرش بود که خونسردی خود را حفظ کرد

she bent her face towards her mother to stop her from looking around

صورتش را به طرف مادرش خم کرد تا او را از نگاه کردن به اطراف باز دارد

and she said, though trembling and thoughtless:

و او هر چند لرزان و بی فکر گفت:

Come on, shouldn't we go back to the living room for a moment?

بیا، نباید یک لحظه به اتاق نشیمن برگردیم؟

Grete's intention was clear to Gregor

قصد گریت برای گرگور روشن بود

she wanted to bring her mother to safety

او می خواست مادرش را به امن بیاورد

and then she wanted to chase him down from the wall

و بعد می خواست او را از دیوار پایین بیاورد

Well, at least she could try!

خوب، حداقل او می توانست تلاش کند!

He sat on his picture and did not give it up

روی عکسش نشست و آن را رها نکرد

He would rather jump in Grete's face

او ترجیح می دهد به صورت گرته بپرد

But Grete's words had worried her mother even more

اما سخنان گریت مادرش را بیشتر نگران کرده بود

she stepped aside and saw the huge brown stain on the flowered wallpaper

او کنار رفت و لکه قهوه ای بزرگ را روی کاغذ دیواری گلدار دید

Before she even realized it, she shouted that it was Gregor

قبل از اینکه متوجه شود، فریاد زد که گرگور است

in a screaming, hoarse voice: "Oh God, oh God!"

با صدای جیغ و خشن: "اوه خدا، ای خدا!"

and she fell with outstretched arms, as if she were giving up everything, over the sofa

و او با دست های دراز، انگار که همه چیز را رها می کند، روی مبل افتاد

and then she didn't move

و سپس او حرکت نکرد

»You, Gregor!« cried the sister with raised fist and penetrating looks

"تو، گرگور!" خواهر با مشت بلند شده و نگاهی نافذ فریاد زد

These were the first words she had spoken directly to him since the transformation

این اولین کلماتی بود که او از زمان تغییر شکل مستقیماً با او صحبت کرده بود

She ran into the next room to get some essence with which she could wake her mother from her unconsciousness

او به اتاق کناری دوید تا جوهری بیابد که با آن بتواند مادرش را از بیهوشی بیدار کند

Gregor also wanted to help

گرگور نیز می خواست کمک کند

There was still time to save the picture

هنوز زمان برای ذخیره کردن عکس وجود داشت

but he stuck firmly to the glass and had to tear himself away with force

اما محکم به شیشه چسبید و مجبور شد با زور خودش را کنده کند

he then ran into the next room as if he could give his sister some advice

سپس به اتاق کناری دوید که گویی می تواند نصیحتی به خواهرش بدهد

but he had to stand idly behind her while she rummaged through various bottles

اما در حالی که او در بطری های مختلف جستجو می کرد، مجبور شد بیکار پشت او بایستد

and he still frightened her when she turned around

و او هنوز هم او را می ترساند که او به اطراف برگشت

a bottle fell to the floor and broke

یک بطری به زمین افتاد و شکست

a splinter injured Gregor in the face

یک ترکش از ناحیه صورت گرگور را مجروح کرد

some corrosive medicine surrounded him

مقداری داروی خورنده او را احاطه کرد

Grete now, without stopping any longer, took as many bottles as she could hold

گریت حالا، بدون توقف، هر تعداد بطری که می‌توانست در خود نگه دارد برداشت

and she ran with the medicine bottles to her mother

و او با شیشه های دارو به سمت مادرش دوید

She slammed the door with her foot

با پایش در را کوبید

Gregor was now cut off from his mother, who was perhaps close to death because of his actions

گرگور اکنون از مادرش که شاید به خاطر اعمالش به مرگ نزدیک شده بود، جدا شده بود

He was not allowed to open the door if he did not want to chase away his sister, who had to stay with her mother

اگر نمی خواست خواهرش را که مجبور بود پیش مادرش بماند، اجازه نداشت در را باز کند.

he had nothing to do now but wait

او اکنون کاری جز صبر نداشت

and plagued by self-reproach and anxiety, he began to crawl

و گرفتار سرزنش خود و اضطراب، شروع به خزیدن کرد

He crawled over everything; walls, furniture and ceiling

او روی همه چیز خزیده بود. دیوارها، مبلمان و سقف

the whole room began to revolve around him

تمام اتاق شروع به چرخیدن در اطراف او کرد

and he finally fell in his despair onto the big table

و بالاخره با ناامیدی روی میز بزرگ افتاد

A little while passed, Gregor lay there exhausted

کمی گذشت، گرگور خسته آنجا دراز کشید

It was quiet all around, maybe that was a good sign

همه جا ساکت بود، شاید این نشانه خوبی بود

Then the doorbell rang

سپس زنگ در به صدا درآمد

The girl was of course locked in her kitchen and Grete had to go and open it

دختر البته در آشپزخانه اش قفل شده بود و گرت مجبور شد برود و آن را باز کند

it was the father who came

این پدر بود که آمد

»What happened?« were his first words

"چی شد؟" اولین کلمات او بود

Grete's appearance had probably told him everything

ظاهر گریت احتمالا همه چیز را به او گفته بود

Grete answered in a dull voice

گرته با صدایی کسل کننده جواب داد

apparently she pressed her face to her father's chest

ظاهراً صورتش را به سینه پدرش فشار داد

Mother was unconscious, but she is already feeling better

مادر بیهوش بود، اما در حال حاضر حالش بهتر شده است

Gregor has escaped, she added

او افزود که گرگور فرار کرده است

»I expected it,« said the father

پدر گفت: انتظارش را داشتم

I've always told you, but you women don't want to listen

من همیشه به شما گفته ام، اما شما زنان نمی خواهید گوش دهید

It was clear to Gregor that his father had misinterpreted Grete's all too brief message

برای گرگور واضح بود که پدرش پیام بسیار کوتاه گریت را اشتباه تعبیر کرده است

he assumed that Gregor had committed some act of violence

او فرض کرد که گرگور اقدامی خشونت آمیز انجام داده است

Therefore Gregor had to try to appease his father now

بنابراین گرگور مجبور شد اکنون سعی کند پدرش را راضی کند

because he had neither the time nor the opportunity to enlighten him

زیرا نه وقت داشت و نه فرصتی برای روشنگری او

And so he fled to the door of his room and pressed himself against it

و به این ترتیب به سمت در اتاقش فرار کرد و خود را به آن فشار داد

so that the father could see him immediately from the anteroom when entering

تا پدر در هنگام ورود بلافاصله او را از جلو اتاق ببیند

Gregor had every intention of returning to his room immediately

گرگور قصد داشت فوراً به اتاقش برگردد

there is no need to drive him back

نیازی به عقب راندن او نیست

one only had to open the door and he would immediately disappear

فقط باید در را باز می کرد و بلافاصله ناپدید می شد

But the father was not in the mood to notice such subtleties

اما پدر حوصله ای نداشت که متوجه چنین ظرافت هایی شود

»Ah!« he exclaimed as soon as he entered

به محض ورود فریاد زد: «آه!»

as if he were angry and happy at the same time

انگار عصبانی و در عین حال خوشحال بود

Gregor pulled his head back from the door and raised it towards his father

گرگور سرش را از در عقب کشید و به سمت پدرش برد

He really hadn't imagined his father standing there like this

او واقعاً تصور نمی کرد پدرش اینطوری آنجا بایستد

However, in recent times, because of his new-fangled crawling around, he had neglected to pay attention to what was going on in the rest of the apartment as he used to

با این حال، در چند وقت اخیر، به دلیل خزیدن تازه به اطراف، او توجه نکرد که در بقیه آپارتمان چه اتفاقی می افتد، همانطور که قبلاً می کرد.

he should have been prepared to encounter changed circumstances

او باید برای مواجهه با شرایط تغییر یافته آماده می شد

Nonetheless, was that still the father?

با این وجود، آیا این هنوز پدر بود؟

Was he still the same man who lay tired in bed when Gregor had left for a business trip?

آیا او هنوز همان مردی بود که وقتی گرگور برای یک سفر کاری رفته بود، خسته در رختخواب دراز کشیده بود؟

Was he still the same man who had greeted him in his dressing gown in his armchair on the evenings he returned home?

آیا او هنوز همان مردی بود که عصرهایی که به خانه برمی گشت با لباس مجلسی روی صندلی راحتی از او استقبال کرده بود؟

Was he still the same man, not really able to get up to receive him?

آیا او هنوز همان مرد بود که واقعاً نمی توانست برای پذیرایی از او بلند شود؟

Was he still the same man who had raised his arms as a sign of joy to welcome him?

آیا او هنوز همان مردی بود که برای استقبال از او دستانش را به نشانه شادی بالا آورده بود؟

Was he still the same man he went for walks with on a few Sundays a year?

آیا او هنوز همان مردی بود که چند یکشنبه در سال با او به پیاده روی می رفت؟

rare walks together on the highest holidays

پیاده روی نادر با هم در بالاترین تعطیلات

between Gregor and his mother, who was already walking slowly

بین گرگور و مادرش که از قبل آهسته راه می رفت

and they still went a little slower for him

و هنوز هم کمی آهسته تر برای او پیش رفتند

Was he still the same man who wrapped himself in his old coat on these walks?

آیا او هنوز همان مردی بود که در این راهپیمایی ها خود را در کت قدیمی خود می پیچید؟

Was he still the same man who carefully with his cane worked his way forwards?

آیا او هنوز همان مردی بود که با عصای خود با دقت به سمت جلو حرکت می کرد؟

And was he still the same man who, on these walks, when he wanted to say something, almost always stopped and gathered his companions around him?

و آیا باز هم همان مردی بود که در این پیاده روی ها وقتی می خواست چیزی بگوید تقریباً همیشه می ایستد و همراهانش را دور خود جمع می کرد؟

But now he was well upright

اما حالا به خوبی ایستاده بود

He was dressed in a tight blue uniform with gold buttons, like the servants of the banking institutions wear

او یک لباس آبی تنگ با دکمه های طلایی پوشیده بود، مانند خدمتگزاران مؤسسات بانکی.

Above the high stiff collar of his coat, his strong double chin developed

بالای یقه سفت کتش، چانه دوتایی قوی او رشد کرد

from under the bushy eyebrows the look of the black eyes appeared fresh and attentive

از زیر ابروهای پرپشت، نگاه چشمان سیاه با طراوت و توجه به نظر می رسید

the disheveled white hair was combed down into a meticulous parting

موهای سفید ژولیده شانه شده بود و به شکلی دقیق شانه می شد

He threw his cap, on which was affixed a gold monogram, probably that of a bank, onto the sofa

او کلاه خود را که روی آن یک مونوگرام طلا چسبانده شده بود، احتمالاً یک بانک، روی مبل انداخت.

the ends of his long uniform jacket turned back, his hands in his trouser pockets

انتهای ژاکت یکنواخت بلندش به عقب برگشته بود و دستانش در جیب شلوارش بود

and he walked towards Gregor with a grim face

و با چهره ای عبوس به سمت گرگور رفت

He probably didn't even know what he was planning

او احتمالاً حتی نمی دانست چه برنامه ای دارد

at least he lifted his feet unusually high

حداقل پاهایش را به طور غیرمعمولی بلند کرد

and Gregor was amazed at the gigantic size of his boot soles

و گرگور از اندازه غول پیکر زیره چکمه هایش شگفت زده شد

But he did not stop there

اما او به همین جا بسنده نکرد

He knew from the first day of his new life that his father considered only the greatest severity appropriate towards him

او از روز اول زندگی جدیدش می دانست که پدرش تنها سخت گیری را برای او مناسب می داند

And so he ran away from his father

و به این ترتیب از پدرش فرار کرد

he paused when his father stopped

وقتی پدرش ایستاد مکث کرد

and he rushed forward again as soon as his father moved

و به محض حرکت پدرش دوباره به جلو هجوم آورد

So they made several rounds around the room without anything decisive happening

بنابراین آنها چندین دور اتاق را دور زدند بدون اینکه اتفاق تعیین کننده ای رخ دهد

without the whole thing having the appearance of a pursuit due to its slow pace

بدون اینکه کل چیز به دلیل سرعت کندش ظاهر یک تعقیب داشته باشد

Therefore Gregor also stayed on the floor for the time being

بنابراین گرگور نیز فعلا روی زمین ماند

the father might consider an escape to the walls or the ceiling to be particularly wicked

پدر ممکن است فرار به دیوارها یا سقف را بسیار بد بداند

However, Gregor had to tell himself that he would not be able to keep up this running for long

با این حال، گرگور مجبور شد به خود بگوید که نمی‌تواند برای مدت طولانی این کار را ادامه دهد

because while the father took one step, he had to perform a myriad of movements

زیرا در حالی که پدر یک قدم برمی داشت، باید حرکات بی شماری را انجام می داد

Shortness of breath was already beginning to make itself felt

تنگی نفس از قبل خود را احساس می کرد

he had not had a completely trustworthy lung in his earlier days either

او در روزهای اولیه خود نیز ریه کاملاً قابل اعتمادی نداشت

he staggered along to gather all his strength for the run

او تلوتلو خورد تا تمام توانش را برای فرار جمع کند

He was so tired that he could hardly keep his eyes open

آنقدر خسته بود که به سختی می توانست چشمانش را باز نگه دارد

In his stupidity he did not even think of running for another rescue

او در حماقت خود حتی فکر نمی کرد برای نجات دیگری بدود

he had almost forgotten that the walls were free

او تقریباً فراموش کرده بود که دیوارها آزاد هستند

and then, slightly thrown, something flew down next to him

و سپس، کمی پرتاب شد، چیزی در کنار او پرواز کرد

and in front of him rolled an apple

و جلوی او یک سیب غلتید

A second apple flew past him too

سیب دومی هم از کنارش گذشت

Gregor stopped in shock, it was useless to continue running

گرگور با شوک ایستاد، ادامه دویدن بی فایده بود

because the father had decided to bomb him

چون پدر تصمیم گرفته بود او را بمباران کند

He had filled his pockets from the fruit bowl on the sideboard

جیب هایش را از ظرف میوه روی بوفه پر کرده بود

and now, without aiming sharply, he threw apple after apple

و حالا بدون هدف گرفتن، سیبی پشت سیب پرتاب کرد

These little red apples rolled around on the ground as if electrified and bumped into each other

این سیب های قرمز کوچک طوری روی زمین غلتیدند که گویی برق گرفته بودند و به یکدیگر برخورد کردند

A weakly thrown apple grazed Gregor's back, but slid off harmlessly

سیبی که ضعیف پرتاب شده بود، پشت گرگور را می چرید، اما بی خطر لیز خورد

An apple that immediately flew after him penetrated Gregor's back

سیبی که بلافاصله بعد از او پرواز کرد به پشت گرگور نفوذ کرد

Gregor wanted to drag himself on, as if the surprising, unbelievable pain could disappear with the change of location

گرگور می خواست خود را بکشد، گویی درد شگفت انگیز و باورنکردنی می تواند با تغییر مکان ناپدید شود.

but he felt like he was nailed down

اما احساس می کرد که او را میخکوب کرده اند

and he stretched himself in complete confusion of all senses

و خودش را در آشفتگی کامل همه حواس دراز کرد

Only with his last glance did he see the door of his room being torn open

فقط با آخرین نگاهش دید که در اتاقش در حال باز شدن است

and he saw the mother rush out in front of the screaming sister

و مادر را دید که با عجله جلوی خواهر فریاد می زد

she was in her shirt because her sister had undressed her

او در پیراهنش بود زیرا خواهرش او را درآورده بود

to give her breathing space in her unconsciousness

تا در بیهوشی به او فضای تنفس بدهد

he saw how the mother ran towards the father

او دید که مادر چگونه به سمت پدر دوید

and he saw how her untied skirt slipped to the ground one after the other

و دید که چگونه دامن باز شده او یکی پس از دیگری روی زمین می لغزد

and he saw her stumbling over her skirt as she approached her father

و او را دید که روی دامنش تلو تلو خورد و به پدرش نزدیک شد

in complete union with his body, Gregor's eyesight also failed

در اتحاد کامل با بدن او، بینایی گرگور نیز از بین رفت

Embracing him, she asked for Gregor's life to be spared

او را در آغوش گرفت و خواست تا جان گرگور نجات یابد

Part Three
بخش سوم

Gregor suffered the severe injury for over a month
گرگور بیش از یک ماه از مصدومیت شدید رنج می برد
the apple remained because no one dared to remove it
سیب باقی ماند زیرا کسی جرات حذف آن را نداشت
the apple remained in the flesh as a visible reminder
سیب به عنوان یک یادآوری آشکار در گوشت باقی ماند
Even the father was reminded that Gregor should not be treated like an enemy
حتی به پدر یادآوری شد که نباید با گرگور مانند یک دشمن رفتار کرد
despite his present sad and disgusting appearance, he was a family member
با وجود ظاهر غم انگیز و نفرت انگیز فعلی اش، او یکی از اعضای خانواده بود
the reluctance had to be swallowed and tolerated
بی میلی را باید بلعید و تحمل کرد
Due to his wound, his mobility was probably lost forever
به دلیل زخمش، احتمالاً تحرک او برای همیشه از بین رفته است
for the time being he spent long, long minutes crossing his room
در حال حاضر او دقایق طولانی و طولانی را صرف عبور از اتاق خود کرد
Crawling at heights was out of the question
خزیدن در ارتفاعات دور از ذهن بود
but he received what he considered to be a completely adequate compensation for this deterioration of his condition
اما او برای این وخامت حالش غرامتی کاملاً کافی دریافت کرد
always in the evening the living room door was opened for him
همیشه عصر در اتاق نشیمن برای او باز می شد
He used to watch the door closely one or two hours beforehand
یکی دو ساعت قبل در را از نزدیک تماشا می کرد

so he could, lying in the darkness of his room, invisible from the living room, see the whole family at the illuminated table

تا بتواند در تاریکی اتاقش دراز کشیده و از اتاق نشیمن نامرئی باشد، تمام خانواده را پشت میز نورانی ببیند.

he was allowed to listen to their speeches, with general permission, quite differently than before

به او اجازه داده شد با اجازه عمومی کاملاً متفاوت از قبل به سخنرانی های آنها گوش دهد

Of course, there were no longer the lively conversations of earlier times

البته دیگر از گفتگوهای پر جنب و جوش زمان های قبل خبری نبود

the conversations of the past that Gregor had always thought of with some longing in the small hotel rooms

مکالمات گذشته ای که گرگور همیشه با حسرت در اتاق های کوچک هتل به آن فکر می کرد

the times when he had to throw himself tiredly into the damp bedclothes

مواقعی که مجبور بود با خستگی خود را به رختخواب مرطوب بیندازد

It was now mostly very quiet

الان اکثرا خیلی ساکت بود

The father fell asleep in his armchair soon after dinner

پدر بلافاصله بعد از شام روی صندلی راحتی اش خوابش برد

the mother and sister urged each other to be quiet

مادر و خواهر یکدیگر را تشویق کردند که ساکت باشند

the mother, leaning far over the light, sewed fine linen for a fashion store

مادر در حالی که خیلی روی نور خم شده بود، کتانی ظریف برای یک فروشگاه مد دوخت

the sister, who had taken a job as a saleswoman, learned shorthand and French in the evenings

خواهر که به عنوان فروشنده کار کرده بود، عصرها تندنویسی و فرانسوی یاد می گرفت

so that she could perhaps get a better job position later

تا شاید بتواند بعداً موقعیت شغلی بهتری پیدا کند

Sometimes the father woke up and, as if he did not know that he had been sleeping, he said to his mother:

گاهی پدر از خواب بیدار می شد و انگار نمی دانست که خوابیده است، به مادرش می گفت:

»You've been sewing for so long today!«

"امروز خیلی وقته خیاطی میکنی!"

and then he immediately fell asleep again, while mother and sister smiled wearily at each other

و سپس بلافاصله دوباره به خواب رفت، در حالی که مادر و خواهر با خستگی به یکدیگر لبخند زدند

With a kind of stubbornness, the father refused to take off his servant uniform even at home

پدر با نوعی لجبازی حتی در خانه حاضر به در آوردن لباس خدمتکار نشد

and while the dressing gown hung uselessly on the coat hook, the father slept fully dressed in his place

و در حالی که لباس بی فایده روی قلاب کت آویزان بود، پدر با لباس کامل به جای خود خوابید.

as if he was always ready for his service and was waiting for the voice of his superior

انگار همیشه آماده خدمت بود و منتظر صدای مافوقش بود

As a result, the uniform, which was not new at the beginning, lost its cleanliness despite all the care of mother and sister

در نتیجه یونیفرم که در ابتدا تازگی نداشت، با همه مراقبت های مادر و خواهر، تمیزی خود را از دست داد.

and Gregor often spent whole evenings looking at this all over stained, gold-buttoned uniform

و گرگور اغلب تمام شب‌ها را در یونیفرم لکه‌دار و با دکمه‌های طلایی نگاه می‌کرد

he watched as the old man slept most uncomfortably but peacefully

او دید که پیرمرد با ناراحتی اما در آرامش خوابیده است

As soon as the clock struck ten, the mother tried to wake the father by speaking quietly

به محض اینکه ساعت ده را زد، مادر سعی کرد با صحبت آرام پدر را بیدار کند

and then she persuaded him to go to bed

و سپس او را متقاعد کرد که به رختخواب برود

because here it was not a real sleep

چون اینجا خواب واقعی نبود

The father, who had to start work at six o'clock, really needed this sleep

پدری که باید ساعت شش کارش را شروع می کرد، واقعاً به این خواب نیاز داشت

But in the stubbornness that had gripped him since he became a servant, he always insisted on staying longer at the table

اما در لجبازی که از زمان خدمتگزاری گریبانش را گرفته بود، همیشه اصرار داشت که بیشتر پشت میز بماند.

although he regularly fell asleep, and was then only moved with the greatest difficulty

اگرچه او مرتباً به خواب می رفت، و سپس با بیشترین سختی حرکت می کرد

but he had to realize that he should exchange the chair for the bed

اما باید می فهمید که باید صندلی را با تخت عوض کند

Mother and sister had to insist on him with little admonitions

مادر و خواهر مجبور بودند با اندرزهای کوچک بر او اصرار کنند

For fifteen minutes he slowly shook his head, kept his eyes closed and did not get up

به مدت پانزده دقیقه به آرامی سرش را تکان داد، چشمانش را بسته نگه داشت و بلند نشد

The mother tugged at his sleeve and whispered flattering words in his ear

مادر آستین او را کشید و کلمات متملقانه ای را در گوشش زمزمه کرد

the sister left her task to help her mother

خواهر وظیفه خود را ترک کرد تا به مادرش کمک کند

but that didn't work for the father

اما این برای پدر کار نکرد

He sank even deeper into his chair

او حتی بیشتر در صندلی خود فرو رفت

Only when the women grabbed him under the armpits did he open his eyes

تنها زمانی که زنان زیر بغل او را گرفتند، چشمانش را باز کرد.
He looked alternately at his mother and sister and used to say:
به طور متناوب به مادر و خواهرش نگاه می کرد و می گفت:
What a life this is. This is the peace of my old age.
این چه زندگیه این آرامش دوران پیری من است.
And leaning on the two women, he rose, awkwardly
و با تکیه دادن به آن دو زن، با ناجوری بلند شد
as if he were the greatest burden for himself
انگار بزرگ ترین بار برای خودش بود
and he let the women lead him to the door
و به زنان اجازه داد تا او را به سمت در ببرند
he waved them off and continued on his own
آنها را کنار زد و خودش ادامه داد
while the mother hastily threw down her sewing kit and the sister her pen
در حالی که مادر با عجله جعبه خیاطی و خواهر خودکار خود را به زمین انداخت
to run behind the father and help him further
پشت سر پدر بدوی و بیشتر به او کمک کند
Who in this overworked family had time to take care of Gregor?
چه کسی در این خانواده پرکار وقت داشت از گرگور مراقبت کند؟
Was it really necessary if everyone was already overtired?
آیا واقعاً لازم بود اگر همه قبلاً بیش از حد خسته شده بودند؟
The budget became increasingly restricted
بودجه به طور فزاینده ای محدود شد
the maid was finally dismissed
در نهایت خدمتکار اخراج شد
a huge bony maid with white hair came in the morning and evening to do the hardest work
یک خدمتکار استخوانی بزرگ با موهای سفید صبح و عصر می آمد تا سخت ترین کار را انجام دهد
everything else was taken care of by the mother in addition to her sewing work
همه چیز را مادر علاوه بر خیاطی به عهده داشت
It even happened that various family jewels were sold

حتی این اتفاق افتاد که جواهرات مختلف خانوادگی فروخته شد

Family jewelry that the mother and sister used to happily wear during entertainment and celebrations

زیورآلات خانوادگی که مادر و خواهر با شادی در هنگام تفریح و جشن می پوشیدند

Gregor learned this in the evening from the general discussion

گرگور این را در عصر از بحث کلی یاد گرفت

The biggest complaint, however, was that one could not leave this apartment, which was too big for the current conditions

بزرگ‌ترین شکایت اما این بود که نمی‌توان این آپارتمان را که برای شرایط فعلی خیلی بزرگ بود، ترک کرد

It was unthinkable how Gregor could be relocated

غیر قابل تصور بود که چگونه می توان گرگور را جابجا کرد

But Gregor realized that it was not only consideration for him that prevented a move

اما گرگور متوجه شد که فقط توجه به او نبود که مانع حرکت شد

because he could have been easily transported in a suitable box with a few air holes

زیرا می توانست به راحتی در جعبه ای مناسب با چند سوراخ هوا حمل شود

What mainly prevented the family from moving was something else

آنچه عمدتاً مانع از جابجایی خانواده می شد چیز دیگری بود

it was rather the complete hopelessness and the thought that they had been struck by misfortune

این بیشتر ناامیدی کامل بود و این تصور که آنها دچار بدبختی شده اند

They did not want to admit that they had been struck by misfortune like no one else in their entire circle of relatives and acquaintances

آنها نمی خواستند اعتراف کنند که مانند هیچ کس دیگری در تمام حلقه اقوام و آشنایان خود دچار بدبختی شده اند.

What the world demands of poor people, they fulfilled to the utmost

آنچه را که دنیا از مردم فقیر می خواهد، تا حد امکان برآورده کردند

the father fetched breakfast for the little bank clerk

پدر برای کارمند کوچک بانک صبحانه آورد

the mother sacrificed herself for strangers' laundry

مادر خود را فدای رختشویی غریبه ها کرد

his sister ran back and forth behind the desk following the customers' orders

خواهرش به دنبال سفارش مشتریان پشت میز می دوید

but the family's strength was no longer enough

اما قدرت خانواده دیگر کافی نبود

And so the wound in Gregor's back began to hurt like new

و به این ترتیب زخم در پشت گرگور مانند جدید شروع به درد کرد

when mother and sister, after putting father to bed, returned

وقتی مادر و خواهر بعد از خواباندن پدر برگشتند

when mother and sister left work and moved closer together

وقتی مادر و خواهر کار را ترک کردند و به هم نزدیک شدند

when mother and sister sat cheek to cheek

وقتی مادر و خواهر گونه به گونه نشستند

when the mother, pointing to Gregor's room, said: "Close the door there, Grete"

وقتی مادر به اتاق گرگور اشاره کرد و گفت: در را ببند، گرت.

and when Gregor was in the dark again, while the women next door mixed their tears

و هنگامی که گرگور دوباره در تاریکی بود، در حالی که زنان همسایه اشک های خود را در هم می ریختند

or when they stared at the table without crying

یا وقتی بدون گریه به میز خیره شدند

Gregor spent the nights and days almost without sleep

گرگور شبها و روزها را تقریباً بدون خواب گذراند

Sometimes he thought about taking over the family affairs again as he had done before

گاه به این فکر می کرد که دوباره مانند قبل امور خانواده را در دست بگیرد

In his thoughts the boss and the authorized representative appeared again after a long time

رئیس و نماینده تام الاختیار پس از مدت ها دوباره در افکارش ظاهر شدند

the clerks and the apprentices, the so slow-witted house servant

کارمندان و کارآموزان، خدمتکار خانه بسیار کند عقل

two or three friends from other businesses
دو یا سه دوست از مشاغل دیگر

a chambermaid from a hotel in the provinces
خدمتکار اتاق از هتلی در استان ها

a dear, fleeting memory
خاطره ای عزیز و زودگذر

a cashier from a hat shop, for whom he had applied seriously but too slowly
صندوقدار یک مغازه کلاه فروشی که به طور جدی اما خیلی آهسته برایش درخواست داده بود

they all appeared mixed with strangers or already forgotten
همه آنها با غریبه ها مخلوط شده بودند یا قبلاً فراموش شده بودند

but instead of helping him and his family, they were all inaccessible
اما به جای کمک به او و خانواده اش، همه آنها غیرقابل دسترس بودند

and he was glad when they disappeared
و وقتی آنها ناپدید شدند خوشحال شد

But then he was not in the mood to worry about his family
اما پس از آن او حوصله ای نداشت که نگران خانواده اش باشد

only anger about the poor maintenance filled him
فقط عصبانیت در مورد نگهداری ضعیف او را پر کرده بود

and although he could not imagine anything he would have had an appetite for, he still made plans
و اگرچه نمی توانست چیزی را تصور کند که اشتهایش را داشته باشد، اما هنوز برنامه ریزی می کرد

he planned how to get into the pantry
او برنامه ریزی کرد که چگونه وارد انبار شود

to take what he deserved, even if he was not hungry
تا آنچه را که سزاوارش است بگیرد، حتی اگر گرسنه نباشد

How to do Gregor a special favor was not thought about for long
مدتها در مورد چگونگی انجام یک لطف ویژه به گرگور فکر نمی شد

In the morning, the nurse hastily pushed some food into Gregor's room with her foot
صبح، پرستار با عجله مقداری غذا را با پای خود به اتاق گرگور هل داد

before she went to work in the morning and at lunchtime

قبل از اینکه صبح و وقت ناهار سر کار برود

regardless of whether the food was tasted or not, she returned with a wave of the broom

صرف نظر از اینکه غذا مزه داشت یا نه، با تکان دادن جارو برگشت

and in most cases the food was completely untouched

و در بیشتر موارد غذا کاملا دست نخورده بود

Tidying up the room, which she now did every evening, could not have been done any faster

مرتب کردن اتاق، که او اکنون هر روز عصر انجام می داد، نمی توانست سریعتر از این انجام شود

Dirt streaks ran along the walls

رگه های خاکی روی دیوارها می دوید

here and there lay balls of dust and rubbish

اینجا و آنجا گلوله های گرد و غبار و آشغال می ریخت

At first, Gregor positioned himself in a particularly significant angle when his sister arrived

در ابتدا، گرگور هنگام ورود خواهرش، خود را در یک زاویه خاص قرار داد

to reproach her with this position

تا او را با این موقعیت سرزنش کنند

But he could have stayed there for weeks without his sister improving her ways

اما او می توانست هفته ها آنجا بماند بدون اینکه خواهرش راهش را بهبود بخشد

she saw the dirt just like he did

او هم مثل او خاک را دید

but she had simply decided to leave the dirt

اما او به سادگی تصمیم گرفته بود خاک را ترک کند

With a sensitivity that was completely new to her and that had affected the whole family, she made sure that the cleaning of Gregor's room was left to her.

با حساسیتی که برای او کاملاً جدید بود و تمام خانواده را تحت تأثیر قرار داده بود، مطمئن شد که نظافت اتاق گرگور به او سپرده شود.

Once, Gregor's mother had given his room a thorough cleaning

یک بار، مادر گرگور اتاق او را تمیز کرده بود

only after using a few buckets of water did she succeed

تنها پس از استفاده از چند سطل آب موفق شد

However, the high humidity also hurt Gregor

با این حال، رطوبت بالا نیز به گریگور آسیب رساند

and he lay broad, bitter and motionless on the sofa

و پهن، تلخ و بی حرکت روی مبل دراز کشید

but the punishment did not go unnoticed for the mother

اما تنبیه برای مادر بی تاثیر نبود

The sister had barely noticed the change in Gregor's room when she ran into the living room, extremely insulted

خواهر به سختی متوجه تغییر اتاق گرگور شده بود که به شدت توهین شده وارد اتاق نشیمن شد.

despite her mother's imploringly raised hands, she burst into tears

علیرغم دستان مادرش که با التماس بالا رفته بود، اشک ریخت

the father was of course startled out of his chair

البته پدر از روی صندلی بلند شد

and at first the parents were amazed and just watched helplessly

و در ابتدا پدر و مادر شگفت زده شدند و درمانده نگاه می کردند

until they too began to move

تا اینکه آنها هم شروع به حرکت کردند

the father reproached the mother for not leaving Gregor's room to his sister to clean

پدر مادر را سرزنش کرد که چرا اتاق گرگور را برای تمیز کردن به خواهرش سپرد

the sister screamed that the mother would never be allowed to clean Gregor's room again

خواهر فریاد زد که مادر دیگر هرگز اجازه نخواهد داشت اتاق گرگور را تمیز کند

while the mother tried to drag the father, who was so excited that he no longer knew himself, into the bedroom

در حالی که مادر سعی می کرد پدر را که آنقدر هیجان زده بود که دیگر خودش را نمی شناخت، به اتاق خواب بکشاند

the sister, shaken by sobs, banged on the table with her little fists

خواهر که از هق هق تکان خورده بود، با مشت های کوچکش به میز کوبید

and Gregor hissed loudly in anger that no one thought to close the door

و گرگور با عصبانیت بلند خش خش کرد که هیچ کس فکر نمی کرد در را ببندد

they could have spared him this sight and noise

آنها می توانستند او را از این منظره و سر و صدا در امان بدارند

But even if the sister was tired of caring for Gregor as she used to, the mother would not have had to step in for her.

اما حتی اگر خواهر مثل گذشته از مراقبت از گرگور خسته شده بود، مادر مجبور نبود برای او قدم بگذارد.

as much as the sister was exhausted from her professional work, she had become tired of it

خواهر به اندازه ای که از کار حرفه ای خود خسته شده بود، از آن خسته شده بود

Gregor should not have been neglected

گرگور نباید نادیده گرفته می شد

Because now the waitress was there

چون حالا پیشخدمت آنجا بود

This old widow, who in her long life had survived the worst with the help of her strong bone structure

این بیوه پیر که در عمر طولانی خود به کمک ساختار استخوانی قوی خود از بدترین شرایط جان سالم به در برده بود

she had no real dislike for Gregor

او هیچ علاقه واقعی به گرگور نداشت

Without being curious at all, she had accidentally opened the door to Gregor's room

بدون اینکه اصلاً کنجکاو باشد، به طور تصادفی در اتاق گرگور را باز کرده بود

Completely surprised, although no one was chasing him, he began to run back and forth

با اینکه هیچ کس تعقیبش نمی کرد، کاملا متعجب بود، شروع به دویدن کرد

She stood amazed at the sight of Gregor with her hands folded in her lap

او از دیدن گرگور با دستانش در دامانش متعجب ایستاد

Since then, she never failed to open the door a little every morning and evening and look in at Gregor

از آن زمان، او هرگز نتوانست هر روز صبح و عصر در را کمی باز کند و به گرگور نگاه کند

At first she also called him over, with words that she probably thought were friendly

ابتدا او را صدا زد، با کلماتی که احتمالاً فکر می کرد دوستانه هستند

»Come over here, old dung beetle!« or »Look at the old dung beetle!«

«بیا اینجا، سوسک سرگین پیر!» یا «به سوسک سرگین پیر نگاه کن!»

Gregor responded to such speeches with nothing

گرگور به چنین سخنرانی هایی بدون هیچ پاسخی پاسخ داد

instead he remained motionless in his place as if the door had not been opened at all

در عوض او در جای خود بی حرکت ماند، گویی در اصلاً باز نشده است

If only this maid had been given the order to clean his room every day, instead of letting her disturb him uselessly as she pleased!

اگر به این خدمتکار دستور داده می شد که هر روز اتاقش را تمیز کند، به جای اینکه بگذارد هر طور که می خواهد مزاحم او شود!

Once early in the morning a heavy rain hit the windows

یک بار صبح زود باران شدیدی به پنجره ها خورد

maybe it was already a sign of the coming spring

شاید از قبل نشانه ای از بهار آینده بود

and the maid started again with her sayings

و کنیز دوباره با سخنان خود شروع کرد

Gregor was so embittered that he turned against her as if to attack, albeit slowly and feebly

گرگور آنقدر تلخ بود که انگار می خواست حمله کند، هرچند آهسته و ضعیف

The maid, however, instead of being afraid, simply lifted up a chair that was near the door

اما خدمتکار به جای ترسیدن، به سادگی صندلی را که نزدیک در بود، بلند کرد

and as she stood there with her mouth wide open, her intention was clear

و همانطور که او با دهان باز ایستاده بود، قصد او روشن بود

she would only close her mouth when the chair in her hand would hit Gregor's back

فقط زمانی دهانش را می بست که صندلی در دستش به پشت گرگور برخورد می کرد

»So we can't go any further?« she asked as Gregor turned around again

وقتی گرگور دوباره برگشت، پرسید: «پس نمی‌توانیم جلوتر برویم؟»

and she quietly put the chair back in the corner

و او به آرامی صندلی را در گوشه ای قرار داد

Gregor now ate almost nothing

گرگور اکنون تقریباً چیزی نخورد

Only when he happened to pass by the prepared food did he put a bite in his mouth as a game

فقط وقتی از کنار غذای آماده رد شد، لقمه ای به عنوان بازی در دهانش گذاشت

but he kept the food in his mouth for hours and then usually spat it out again

اما او غذا را ساعت‌ها در دهانش نگه می‌داشت و معمولاً دوباره آن را بیرون می‌فرستاد

At first he thought it was sadness about the state of his room that was keeping him from eating

او ابتدا فکر کرد که غم و اندوه وضعیت اتاقش است که او را از خوردن باز می دارد

but he soon came to terms with the changes in the room

اما خیلی زود با تغییرات اتاق کنار آمد

People had gotten into the habit of putting things that could not be stored elsewhere into this room

مردم عادت کرده بودند چیزهایی را که نمی‌توان در جای دیگری ذخیره کرد، در این اتاق گذاشت

and there were now many such things

و حالا از این قبیل چیزها زیاد بود

because one room of the apartment had been rented to three roommates

زیرا یک اتاق از آپارتمان به سه هم اتاقی اجاره داده شده بود

These serious gentlemen – all three had full beards, as Gregor once noticed through a crack in the door – were meticulous about order

این آقایان جدی - همانطور که گرگور یک بار از شکاف در متوجه شد هر سه ریش کامل داشتند - در مورد نظم دقیق بودند.

They were scrupulous about keeping things tidy not only in their room

آنها در مورد مرتب نگه داشتن وسایل نه تنها در اتاقشان دقیق بودند

but they were meticulous about cleanliness throughout the apartment, especially in the kitchen

اما آنها در مورد تمیزی در سراسر آپارتمان، به ویژه در آشپزخانه، دقیق بودند

since they had rented a room here

چون اینجا اتاقی اجاره کرده بودند

They could not stand useless or even dirty stuff

آنها نمی توانستند چیزهای بی فایده یا حتی کثیف را تحمل کنند

In addition, most of them had brought their own furniture with them

علاوه بر این، اکثر آنها اثاثیه خود را با خود آورده بودند

For this reason, many things had become superfluous

به همین دلیل خیلی چیزها زائد شده بود

Things that could not be sold, but that you didn't want to throw away

چیزهایی که نمی شد فروخت، اما نمی خواستید دور بریزید

All these things went into Gregor's room

همه این چیزها به اتاق گرگور رفت

The ash box and the garbage box from the kitchen were also brought into his room

جعبه خاکستر و جعبه زباله آشپزخانه را نیز به اتاق او آوردند

Whatever was unusable for the moment was simply thrown into Gregor's room by the maid, who was always in a hurry.

هر چیزی که در آن لحظه غیرقابل استفاده بود توسط خدمتکار که همیشه عجله داشت به اتاق گرگور پرتاب شد.

Fortunately, Gregor mostly only saw the object in question and the hand that held the object

خوشبختانه، گرگور بیشتر فقط شی مورد نظر و دستی را که آن شی را گرفته بود می دید

The maid may have intended to retrieve the items when she had time and opportunity

ممکن است خدمتکار قصد داشته باشد که در زمان و فرصتی که داشته باشد، اقلام را پس بگیرد

or maybe she wanted to throw them all out at once

یا شاید او می خواست همه آنها را یکباره بیرون بیندازد

In fact, everything remained where it had been by the first throw

در واقع، همه چیز در همان پرتاب اول باقی ماند

if Gregor didn't wriggle through the junk and moved it

اگر گرگور از میان آشغال ها نمی چرخید و آن ها را حرکت نمی داد

At first he was forced to do so because there was no other space to crawl

در ابتدا مجبور شد این کار را انجام دهد زیرا فضای دیگری برای خزیدن وجود نداشت

but later he did it with increasing pleasure

اما بعداً با لذت روزافزون این کار را انجام داد

although after such walks, tired and deadly saddened, he did not move for hours

اگرچه پس از چنین پیاده روی، خسته و غمگین مرگبار، ساعت ها حرکت نمی کرد

Since the lodgers sometimes had their dinner at home in the common living room, the living room door remained closed on some evenings

از آنجایی که اقامتگاه‌ها گاهی شام خود را در خانه در اتاق نشیمن مشترک می‌خوردند، درب اتاق نشیمن در برخی از عصرها بسته می‌ماند.

but Gregor easily refrained from opening the door

اما گرگور به راحتی از باز کردن در خودداری کرد

he had already not taken advantage of many evenings when the door was open

او قبلاً از بسیاری از عصرها که در باز بود استفاده نکرده بود

Without the family noticing, he had instead lain in the darkest corner of his room

بدون اینکه خانواده متوجه شوند، او در تاریک ترین گوشه اتاقش دراز کشیده بود

But once the maid had left the door to the living room slightly open

اما یک بار خدمتکار در اتاق نشیمن را کمی باز گذاشته بود

and the door remained open, even when the lodgers entered in the evening and the light was turned on

و در باز ماند، حتی زمانی که اقامت داران در عصر وارد شدند و چراغ روشن شد

They sat down at the table where father, mother and Gregor had sat in earlier times

آنها پشت میزی نشستند که پدر، مادر و گرگور قبلاً در آنجا نشسته بودند

they unfolded the napkins and took knives and forks in their hands

دستمال ها را باز کردند و چاقو و چنگال در دست گرفتند

Immediately the mother appeared in the doorway with a bowl of meat

بلافاصله مادر با یک کاسه گوشت در آستانه در ظاهر شد

and just behind the mother the sister appeared with a bowl of high-piled potatoes

و درست پشت مادر، خواهر با یک کاسه سیب زمینی انباشته ظاهر شد

The food steamed with heavy smoke

غذا با دود شدید بخار شد

The lodgers bent over the bowls placed in front of them as if they wanted to check whether the food should be sent back to the kitchen before eating.

ساکنان روی کاسه هایی که جلوی آنها گذاشته شده بودند خم شدند، انگار می خواستند بررسی کنند که آیا غذا باید قبل از خوردن غذا به آشپزخانه فرستاده شود یا خیر.

and indeed the one who sat in the middle and seemed to be the authority of the other two cut a piece of meat

و در واقع آن که در وسط نشسته بود و به نظر می رسید که مرجع دو نفر دیگر است، یک تکه گوشت برید.

apparently to determine whether the meat was tender enough

ظاهراً برای تعیین اینکه آیا گوشت به اندازه کافی نرم است یا خیر

He was satisfied with how the food smelled and looked

از بوی و ظاهر غذا راضی بود

and mother and sister, who had been watching with excitement, began to smile with a sigh of relief

و مادر و خواهر که با هیجان تماشا می کردند، با آهی آسوده شروع به لبخند زدن کردند.

The family itself ate in the kitchen

خود خانواده در آشپزخانه غذا می خوردند

Nevertheless, before going into the kitchen, the father came into this room

با این وجود، قبل از رفتن به آشپزخانه، پدر وارد این اتاق شد

and with a single bow, cap in hand, he made a circuit around the table

و با یک کمان، کلاهک در دست، دور میز را دور می زد

The lodgers all stood up and muttered something into their beards

اقامت گاه ها همه برخاستند و چیزی به ریش خود زمزمه کردند

When they were alone, they ate in almost complete silence

وقتی تنها بودند، تقریباً در سکوت کامل غذا می خوردند

It seemed strange to Gregor that, among all the various noises of eating, one could always hear her chewing teeth

برای گرگور عجیب به نظر می رسید که در میان همه صداهای مختلف غذا خوردن، همیشه می توان جویدن دندان های او را شنید.

as if this was meant to show Gregor that you need teeth to eat

انگار قرار بود به گرگور نشان دهد که برای خوردن نیاز به دندان دارید

and as if even the most beautiful toothless jaws could not do anything

و گویی حتی زیباترین آرواره های بی دندان هم نمی توانند کاری انجام دهند

I'm hungry, Gregor said worriedly

گرگور با نگرانی گفت من گرسنه ام

»but my appetite is not for these things«

"اما اشتهای من برای این چیزها نیست"

"How these gentlemen feed themselves, and I perish!"

چگونه این آقایان خودشان را تغذیه می کنند و من هلاک می شوم!

Just that evening a sound came from the kitchen

همان شب صدایی از آشپزخانه آمد

Gregor did not remember hearing the violin the whole time

گرگور تمام مدت صدای ویولن را به خاطر نمی آورد

The gentlemen had already finished their evening meal

آقایان دیگر شامشان را تمام کرده بودند

the middle gentleman had pulled out a newspaper

آقای وسطی یک روزنامه بیرون آورده بود

He had given the other two gentlemen a sheet each

به دو آقا دیگر هر کدام یک برگه داده بود

and now they were leaning back and reading and smoking

و حالا به عقب خم شده بودند و می خواندند و سیگار می کشیدند

When the violin started playing, they became attentive

وقتی ویولن شروع به نواختن کرد، حواسشان جمع شد

They stood up and walked on tiptoe to the anteroom door, where they stood huddled together

آنها برخاستند و با نوک پا به سمت در جلو اتاق رفتند، جایی که در کنار هم ایستاده بودند.

They must have heard them from the kitchen, because the father called out:

آنها باید آنها را از آشپزخانه شنیده باشند، زیرا پدر صدا زد:

Is the violin perhaps uncomfortable for the gentlemen? It can be stopped immediately.

آیا ویولن شاید برای آقایان ناراحت کننده باشد؟ بلافاصله می توان آن را متوقف کرد.

On the contrary, said the middle of the gentlemen

برعکس گفت وسط آقایان

Wouldn't the young lady like to come in and play in our room?

آیا خانم جوان دوست ندارد بیاید و در اتاق ما بازی کند؟

»It is definitely much more comfortable and cozy here«

"قطعا اینجا خیلی راحت تر و راحت تر است"

Oh please, cried the father, as if he were the violinist

آه خواهش می کنم، پدر گریه کرد، انگار که نوازنده ویولن است

The gentlemen returned to the room and waited

آقایان به اتاق برگشتند و منتظر ماندند

Soon the father came with the music stand, the mother with the music and the sister with the violin

به زودی پدر با غرفه موسیقی، مادر با موسیقی و خواهر با ویولن آمدند

The sister calmly prepared everything to play the violin

خواهر با آرامش همه چیز را برای نواختن ویولن آماده کرد

the parents exaggerated their politeness towards their tenants

والدین در ادب خود نسبت به مستاجران خود اغراق کردند

because they had never rented out rooms before

زیرا قبلاً هرگز اتاق اجاره نکرده بودند

and they didn't dare sit on their own chairs

و جرات نمی کردند روی صندلی های خودشان بنشینند

the father leaned against the door, his right hand between two buttons of his closed livery coat

پدر به در تکیه داد و دست راستش را بین دو دکمه کت ژاکت بسته اش قرار داد

The mother, however, was offered a chair by a gentleman and sat

به مادر اما از طرف آقایی صندلی پیشنهاد شد و نشست

Since she left the chair where the gentleman had accidentally placed it, she sat apart in a corner

از آنجایی که او صندلی را در جایی که آقا به طور اتفاقی آن را گذاشته بود ترک کرد، در گوشه ای از هم جدا نشست

The sister started playing the violin

خواهر شروع به نواختن ویولن کرد

Father and mother watched carefully the movements of her hands

پدر و مادر با دقت به حرکات دستان او نگاه می کردند

Gregor, attracted by the playing of the violin, had ventured a little further

گرگور که جذب نواختن ویولن شده بود، کمی جلوتر رفته بود

and he was already with his head in the living room

و او قبلاً با سر در اتاق نشیمن بود

He was hardly surprised that he had shown so little consideration for others recently

او به سختی تعجب کرد که اخیراً توجه کمی به دیگران نشان داده است

This consideration for others had previously been his pride

این توجه به دیگران قبلاً باعث افتخار او بود

And he would have had more reason to hide now

و حالا دلیل بیشتری برای پنهان شدن داشت

because of the dust that was everywhere in his room and flew around at the slightest movement, he too was completely covered in dust

به خاطر گرد و غباری که همه جای اتاقش را گرفته بود و با کوچکترین حرکتی به اطراف می چرخید، او هم کاملا غبارآلود بود.

He carried threads, hair, and food remains on his back and sides

او نخ ها، مو و بقایای غذا را در پشت و پهلو حمل می کرد

his indifference to everything was far too great for him to lie on his back and rub against the carpet, as he used to do several times a day

بی‌تفاوتی او نسبت به همه چیز خیلی زیاد بود که نمی‌توانست به پشت بخوابد و به فرش مالیده شود، همانطور که چندین بار در روز انجام می‌داد.

And despite this condition, he was not afraid to move forward a little on the immaculate floor of the living room

و با وجود این شرایط از اینکه در کف بی آلایش اتاق نشیمن کمی جلو برود ترسی نداشت

However, nobody paid any attention to him

با این حال هیچ کس به او توجهی نکرد

The family was completely occupied with playing the violin

خانواده کاملاً مشغول نواختن ویولن بودند

the gentlemen, on the other hand, initially retreated to the window with their hands in their pockets

از سوی دیگر، آقایان ابتدا با دست در جیب به سمت پنجره عقب نشینی کردند

They continued their conversations in low tones with their heads bowed

آنها با لحن پایین و سرهای خمیده به صحبت های خود ادامه دادند

much too close behind the sister's music stand

خیلی نزدیک پشت جایگاه موسیقی خواهر

so that she could have seen all the music notes, which must have disturbed her sister

به طوری که او می توانست تمام نت های موسیقی را که احتمالاً خواهرش را ناراحت کرده بود، ببیند

watched with concern by their father, they remained there

آنها با نگرانی پدرشان در آنجا ماندند

It really seemed as if they had been disappointed in their expectation of hearing beautiful or entertaining violin playing.

واقعاً به نظر می رسید که از انتظار شنیدن نوازندگی زیبا یا سرگرم کننده ویولن ناامید شده بودند.

you would have thought that they were all fed up with the whole performance

شما فکر می کنید که همه آنها از کل اجرا خسته شده اند

and it seemed as if that only out of politeness did they allow themselves to disturbed

و به نظر می رسید که فقط از روی ادب به خود اجازه مزاحمت می دادند

Especially the way they all blew the smoke from their cigars into the air from their noses and mouths suggested great nervousness

به خصوص روشی که همه آنها دود سیگار هایشان را از بینی و دهانشان به هوا می بردند حاکی از عصبانیت شدید بود.

And yet the sister played so beautifully

و با این حال خواهر بسیار زیبا بازی کرد

Her face was tilted to the side, her eyes searching and sadly following the music lines

صورتش به پهلو کج شده بود، چشمانش در حال جستجو بود و با ناراحتی خطوط موسیقی را دنبال می کرد

Gregor crawled a little further forward

گرگور کمی جلوتر خزید

and he held his head close to the ground

و سرش را به زمین نزدیک کرد

to possibly meet their gaze

تا احتمالاً با نگاه آنها روبرو شوم

Was he really an animal? Despite the fact that music moved him so much?

آیا او واقعا یک حیوان بود؟ علیرغم اینکه موسیقی خیلی او را تحت تأثیر قرار داد؟

He felt as if a path to longed-for nurishment was being shown to him

او احساس می کرد که مسیری به سوی تغذیه ای که آرزویش را داشت به او نشان داده می شود

He was determined to reach his sister

مصمم بود به خواهرش برسد

he wanted to tug on her skirt and thereby indicate to her that she could come into his room with her violin

می خواست دامن او را بکشد و بدین وسیله به او نشان دهد که می تواند با ویولونش به اتاقش بیاید.

because nobody here was rewarding her playing the violin the way he wanted it to be rewarded

زیرا هیچ‌کس در اینجا به او برای نواختن ویولن آنطور که او می‌خواست جایزه نمی‌داد

He didn't want to let her out of his room anymore, at least not as long as he lived

او دیگر نمی خواست او را از اتاقش بیرون بگذارد، حداقل تا زمانی که زنده بود

his terrifying figure was to become useful to him for the first time

چهره وحشتناک او برای اولین بار برای او مفید واقع شد

He wanted to be at all the doors of his room at the same time and hiss at the attackers

او می خواست همزمان در تمام درهای اتاقش باشد و روی مهاجمان هیس کند

The sister should not stay with him forced, but voluntarily

خواهر نباید به زور، بلکه داوطلبانه پیش او بماند

she should sit next to him on the sofa, bending her ear down to him

او باید کنار او روی مبل بنشیند و گوشش را به سمت او خم کند

and he wanted to confide in her that he had the firm intention of sending her to the music school

و می خواست به او اعتماد کند که قصد دارد او را به مدرسه موسیقی بفرستد

he would have told everyone this last Christmas if the accident had not intervened

اگر تصادف مداخله نمی کرد، کریسمس گذشته را به همه می گفت

he would have said it without worrying about any objections

او آن را بدون نگرانی از مخالفت می گفت

Christmas was already over, wasn't it?

کریسمس دیگر تمام شده بود، اینطور نیست؟

After this explanation, the sister would burst into tears of emotion

بعد از این توضیحات خواهر از شدت احساسات اشک می ریخت

and Gregor would rise up to her armpit and kiss her neck

و گرگور تا زیر بغل او بلند می شد و گردنش را می بوسید

the neck which she wore freely without a ribbon or collar ever since she got a job

گردنی که از زمانی که شغلی پیدا کرد، آزادانه بدون روبان یا یقه می‌بست

»Mr. Samsa!« the middle man called to his father

» آقای سامسا!« مرد وسطی پدرش را صدا زد

and he pointed, without saying another word, with his index finger at Gregor, who was slowly moving forward.

و بدون اینکه حرف دیگری بزند با انگشت اشاره اش به گرگور اشاره کرد که آرام آرام جلو می رفت.

The violin fell silent

ویولن ساکت شد

The middle roommate smiled and shook his head at his friends

هم اتاقی وسط لبخندی زد و سرش را برای دوستانش تکان داد

and then he looked back at Gregor

و سپس به گرگور نگاه کرد

The father seemed to think it more necessary to calm the gentlemen down instead of driving Gregor away.

به نظر می‌رسید که پدر به جای راندن گرگور، لازم است که آقایان را آرام کند.

although they were not at all excited and Gregor seemed to entertain them more than the violin playing

اگرچه آنها اصلاً هیجان زده نبودند و به نظر می رسید که گرگور بیشتر از نواختن ویولن آنها را سرگرم می کند

He rushed to them and tried to push them into their room with his arms outstretched

با عجله به سمت آنها شتافت و سعی کرد آنها را با دستان دراز به داخل اتاقشان هل دهد

and at the same time he tried to use his body to block their view of Gregor

و همزمان سعی کرد با استفاده از بدنش جلوی دید گرگور را بگیرد

They actually became a little angry

آنها در واقع کمی عصبانی شدند

no one knew what exactly they were angry about

هیچ کس نمی دانست آنها دقیقا از چه چیزی عصبانی هستند

the father's behavior could have been a reason for the mood of the gentlemen

رفتار پدر می توانست دلیلی بر روحیه آقایان باشد

but they could have been just as angry that they only now learned what kind of roommate they had

اما آنها می توانستند به همان اندازه عصبانی باشند که تازه فهمیدند چه نوع هم اتاقی دارند

They demanded explanations from their father and tugged restlessly at their beards

آنها از پدرشان توضیح می خواستند و بی قرار ریش هایشان را می کشیدند

and they slowly retreated towards their room

و به آرامی به سمت اتاق خود عقب نشینی کردند

In the meantime, the sister had overcome the feeling of being lost after her playing the violin had suddenly been interrupted.

در این بین، خواهر پس از قطع شدن ناگهانی نواختن ویولن، بر احساس گم شدن غلبه کرده بود.

she had suddenly pulled herself together

او ناگهان خود را جمع و جور کرده بود

but only after she had held the violin and bow in her casually hanging hands for a while

اما تنها پس از آن که ویولن و تعظیم را برای مدتی در دستان آویزان خود نگه داشت

and she continued to look at the music notes as if she were still playing

و همچنان به نت‌های موسیقی نگاه می‌کرد که انگار هنوز در حال نواختن است

she had placed the instrument on her mother's lap

او ساز را روی دامان مادرش گذاشته بود

the mother who was still sitting on her chair with breathing difficulties and heavily working lungs

مادری که با مشکلات تنفسی و ریه های شدید همچنان روی صندلی خود نشسته بود

and she had run into the next room, which the gentlemen were already approaching faster under the urging of her father

و او به اتاق کناری دوید که آقایان به اصرار پدرش سریعتر به آن نزدیک می شدند.

One could see how, under the sister's skilled hands, the blankets and cushions in the beds flew up into the air and arranged themselves

می شد دید که چطور زیر دستان ماهر خواهر، پتوها و کوسن های روی تخت ها به هوا پرواز کردند و خودشان را مرتب کردند.

Before the gentlemen had even reached the room, she had finished making the bed and slipped out

قبل از اینکه آقایان به اتاق برسند، او تختخواب را تمام کرده بود و بیرون لیز خورد

The father seemed to be so taken by his own stubbornness that he forgot all respect he owed his tenants

به نظر می رسید پدر آنقدر تحت تأثیر لجاجت خود قرار گرفته بود که تمام احترامی را که به مستاجرانش مدیون بود فراموش کرد.

He just pushed and pushed until the middle of the gentlemen thunderously stamped his foot at the door of the room.

فقط هل داد و هل داد تا اینکه وسط آقایان با صدای رعد و برق پایش را به در اتاق زدند.

and thereby he brought the father to a standstill

و بدین وسیله پدر را به بن بست کشاند

»I hereby declare,« he began

او شروع کرد: «من بدین وسیله اعلام می کنم».

and he raised his hand and looked at her mother and sister

و دستش را بلند کرد و به مادر و خواهرش نگاه کرد

»In view of the disgusting conditions prevailing in this apartment and family, I am giving notice to vacate my room«

"با توجه به شرایط ناپسند حاکم بر این آپارتمان و خانواده، اخطار تخلیه اتاقم را می دهم"

He decided to spit on the ground

تصمیم گرفت به زمین تف کند
»Of course, I will not pay anything for the days I lived here«
"البته من برای روزهایی که اینجا زندگی کرده ام هیچ پولی نمی دهم"
»I will, however, consider whether I will make any demands against you«
"با این حال، بررسی خواهم کرد که آیا علیه شما درخواستی خواهم داشت یا خیر."
»and believe me, such demands will be very easy to justify«
"و باور کنید، چنین خواسته هایی به راحتی قابل توجیه خواهد بود"
He was silent and looked straight ahead as if he was expecting something
ساکت بود و به روبه رو نگاه می کرد که انگار منتظر چیزی بود
In fact, his two friends immediately had the same idea
در واقع، دو دوست او بلافاصله همین ایده را داشتند
»We are also cancelling our rooms immediately«
"ما همچنین اتاق هایمان را فورا کنسل می کنیم"
Then he grabbed the door handle and closed the door with a bang
سپس دستگیره در را گرفت و با صدای بلند در را بست
The father staggered to his chair with groping hands and let himself fall into it
پدر با دستانش به سمت صندلی خود تلوتلو خورد و اجازه داد داخل آن بیفتد
it looked as if he was stretching for his usual evening nap
به نظر می رسید که او برای چرت معمولی عصر خود دراز می کشد
but the strong nodding of his head, as if without support, showed that he was not sleeping at all
اما تکان شدید سرش که انگار بدون تکیه گاه بود، نشان داد که اصلاً خواب نیست
Gregor had been lying quietly on the square the whole time
گرگور تمام مدت بی سر و صدا در میدان دراز کشیده بود
the place where the gentlemen had caught him
جایی که آقایان او را گرفته بودند
he found it impossible to move
او حرکت را غیرممکن می‌دانست
perhaps because of the disappointment over the failure of his plan

شاید به دلیل ناامیدی از شکست برنامه اش

or perhaps because of the weakness caused by the long hunger

یا شاید به دلیل ضعف ناشی از گرسنگی طولانی مدت

He feared with some certainty that a general collapse would be unleashed upon him

او با اطمینان می ترسید که یک فروپاشی عمومی بر او نازل شود

and with this expectation he waited

و با این انتظار منتظر ماند

Not even the violin startled him

حتی ویولن هم او را مبهوت نکرد

the violin that fell from her mother's trembling fingers, from her lap

ویولنی که از انگشتان لرزان مادرش، از دامانش افتاد

with a resounding sound the violin fell to the ground

با صدای طنین انداز ویولن روی زمین افتاد

»Dear parents,« said the sister

خواهر گفت: پدر و مادر عزیزم

and she slapped her hand on the table to begin

و برای شروع دستش را روی میز زد

»This cannot continue«

"این نمی تواند ادامه یابد"

"If you don't see it, I do."

"اگر شما آن را نمی بینید، من می بینم."

"I will not speak my brother's name before this monster"

"من قبل از این هیولا نام برادرم را نمی گویم"

»That's why I'm just saying: we have to try to get rid of this animal«

"به همین دلیل است که من فقط می گویم: ما باید برای خلاص شدن از شر این حیوان تلاش کنیم"

We have tried as much as humanly possible to care for and tolerate this animal

ما تا جایی که ممکن است سعی کرده ایم از این حیوان مراقبت و تحمل کنیم

I don't think anyone can blame us in the slightest«

فکر نمی‌کنم کسی کوچک‌ترین ما را سرزنش کند».

»She is a thousand times right,« said the father to himself

پدر با خود گفت: «هزار بار حق دارد.»

The mother still could not find enough breath

مادر هنوز نفس کافی پیدا نکرده بود

she began to cough dully into her hand with an insane expression in her eyes

او با حالتی دیوانه کننده در چشمانش شروع به سرفه کردن کرد

The sister rushed to her mother and held her forehead

خواهر به سمت مادرش شتافت و پیشانی او را گرفت

The father seemed to have been brought to more definite thoughts by the sister's words

به نظر می رسید پدر با صحبت های خواهر به افکار قطعی تری کشیده شده بود

he had sat upright and was playing with his servant's cap between the plates

راست نشسته بود و با کلاه خدمتکارش بین بشقاب ها بازی می کرد

The plates that were still on the table from the tenant's supper

بشقاب هایی که از شام مستأجر هنوز روی میز بود

and he sometimes looked at the silent Gregor

و گاهی به گرگور ساکت نگاه می کرد

»We must try to get rid of it,« the sister said exclusively to the father

خواهر منحصراً به پدر گفت: «باید سعی کنیم از شر آن خلاص شویم».

because the mother heard nothing in her cough

چون مادر در سرفه هایش چیزی نشنید

It'll kill you both, I can see it coming

هر دوی شما را می کشد، می بینم که می آید

If you have to work as hard as we all do, you can't endure this constant torture at home.

اگر مجبور باشید مثل همه ما سخت کار کنید، نمی توانید این شکنجه های مداوم را در خانه تحمل کنید.

»I can't do it anymore either«

"من هم دیگر نمی توانم"

And she burst into tears so violently that her tears flowed down on her mother's face

و به شدت گریه کرد که اشک هایش روی صورت مادرش جاری شد

tears she wiped away with mechanical hand movements

اشک هایش را با حرکات مکانیکی دست پاک کرد

Child, said the father compassionately and with striking understanding

پدر با دلسوزی و با درک شگفت انگیز گفت فرزند

»but what should we do?«

"اما چه کنیم؟"

The sister just shrugged her shoulders in a sign of helplessness

خواهر فقط شانه هایش را به نشانه درماندگی بالا انداخت

helplessness now gripped her while crying, in contrast to her previous confidence

درماندگی در حالی که گریه می کرد، برخلاف اعتماد قبلی اش، او را فراگرفت

If only he understood us, said the father half questioningly

پدر با نیمه سوال گفت: کاش ما را درک می کرد

the sister shook her hand violently while crying

خواهر در حالی که گریه می کرد به شدت دستش را تکان داد

to signal that this is not to be thought of

تا نشان دهد که نباید به این موضوع فکر کرد

If only he understood us, repeated the father

پدر تکرار کرد اگر ما را درک می کرد

and by closing his eyes he accepted his sister's conviction that this was impossible

و با بستن چشمانش عقیده خواهرش را پذیرفت که این کار غیرممکن است

»then perhaps an agreement with him would be possible«

"پس شاید توافق با او امکان پذیر باشد"

»But as it is...«

"اما همانطور که هست..."

»It must go,« cried the sister

خواهر فریاد زد: «باید برود».

»That is the only solution, father«

"این تنها راه حل است، پدر"

You just have to try to get rid of the thought that it is Gregor

شما فقط باید سعی کنید این فکر را که گرگور است از بین ببرید

"The fact that we believed it for so long is our real misfortune."

"این واقعیت که ما برای مدت طولانی آن را باور داشتیم، بدبختی واقعی ما است."

»But how can it be Gregor?«

"اما چگونه می تواند گرگور باشد؟"

If it were Gregor, he would have realized it long ago

اگر گرگور بود، خیلی وقت پیش متوجه می شد

»a coexistence of humans with such an animal is not possible«

"همزیستی انسان با چنین حیوانی ممکن نیست"

»and he would have left voluntarily«

"و او داوطلبانه می رفت"

"We would then have no brother, but we could continue to live and honor his memory."

در این صورت ما برادری نخواهیم داشت، اما می‌توانیم به زندگی ادامه دهیم و یاد او را گرامی بداریم.»

"But this beast pursues us and drives away our tenants."

"اما این جانور ما را تعقیب می کند و مستاجران ما را می راند."

»it obviously wants to take over the whole apartment and make us sleep in the street«

"بدیهی است که می خواهد کل آپارتمان را تصاحب کند و ما را در خیابان بخواباند"

Look, father, she suddenly cried out, "he's starting again!"

ببین پدر، او ناگهان فریاد زد: "او دوباره شروع می کند!"

And in a horror that Gregor could not understand, his sister even left his mother

و در وحشتی که گرگور قادر به درک آن نبود، خواهرش حتی مادرش را ترک کرد

she literally pushed herself away from her chair as if she wanted to sacrifice her mother

او به معنای واقعی کلمه خود را از صندلی دور کرد، انگار که می‌خواهد مادرش را قربانی کند

better that than staying near Gregor

بهتر از ماندن در نزدیکی گرگور است

and she rushed behind her father, who, merely agitated by her behavior, also stood up

و با عجله پشت سر پدرش شتافت، پدرش نیز که از رفتار او برآشفته بود، ایستاد

and he half raised his arms, as if to protect his sister

و دستانش را تا نیمه بالا آورد، انگار برای محافظت از خواهرش

But Gregor never thought of trying to scare anyone, especially his sister

اما گرگور هرگز به این فکر نکرد که بخواهد کسی، به خصوص خواهرش را بترساند

He had just started to turn around to go back to his room

تازه شروع به چرخیدن کرده بود تا به اتاقش برگردد

but due to his suffering condition, he had to use his head to help with the difficult turns

اما به دلیل شرایط سختی که داشت، مجبور شد از سر خود برای کمک به پیچ های سخت استفاده کند

the legs which he lifted many times and hit the ground

پاهایی که بارها بلند کرد و به زمین خورد

He paused and looked around

مکثی کرد و به اطراف نگاه کرد

His good intention seemed to have been recognized

به نظر می رسید که نیت خیر او شناخته شده است

it was only a momentary shock

فقط یک شوک لحظه ای بود

Now everyone looked at him silently and sadly

حالا همه ساکت و غمگین به او نگاه می کردند

The mother lay in her armchair, her legs stretched out and pressed together, her eyes almost closed from exhaustion

مادر روی صندلی راحتی دراز کشیده بود، پاهایش را دراز کرده بود و به هم فشار می داد، چشمانش از خستگی تقریبا بسته بود.

the father and the sister sat next to each other, the sister had put her hand around the father's neck

پدر و خواهر کنار هم نشستند، خواهر دستش را دور گردن پدر انداخته بود

"Now I may perhaps turn around," thought Gregor and began his work again

گرگور فکر کرد و دوباره کارش را شروع کرد: «حالا شاید بچرخم».

He could not suppress the gasp of exertion

او نمی توانست نفس نفس کشیدن را سرکوب کند

and he also had to rest here and there

و او همچنین مجبور شد اینجا و آنجا استراحت کند

Moreover, nobody urged him

علاوه بر این، کسی او را اصرار نکرد

it was all left to him

همه چیز به او سپرده شد

When he had completed the turn, he immediately began to walk straight back

وقتی پیچ را کامل کرد، بلافاصله شروع به راه رفتن مستقیم به عقب کرد

He was amazed at the great distance that separated him from his room

او از فاصله زیادی که او را از اتاقش جدا می کرد شگفت زده شد

and he did not understand how, in his weakness, he had recently travelled the same path almost without noticing it

و او نفهمید که چگونه در ضعف خود اخیراً همان مسیر را تقریباً بدون توجه به آن طی کرده است

Always intent on crawling quickly, he hardly paid any attention to the fact that no word, no exclamation from his family disturbed him

همیشه قصد خزیدن سریع داشت، به سختی به این واقعیت توجه داشت که هیچ حرفی و هیچ تعجبی از طرف خانواده او را آزار نمی داد.

Only when he was already in the door did he turn his head, but not completely

فقط زمانی که از در بود، سرش را چرخاند، اما نه کاملا

because he felt his neck stiffen

چون احساس کرد گردنش سفت شده است

at least he saw that nothing had changed behind him, only the sister had stood up

حداقل می دید که هیچ چیز پشت سرش تغییر نکرده است، فقط خواهر ایستاده بود

His last glance was at his mother, who was now completely asleep

آخرین نگاهش به مادرش بود که اکنون کاملاً در خواب بود

As soon as he was inside his room, the door was hastily closed, bolted and locked

به محض ورود به اتاقش، در را با عجله بسته، پیچ و مهره و قفل کردند
Gregor was so frightened by the sudden noise behind him that his legs buckled
گریگور از صدای ناگهانی پشت سرش چنان ترسیده بود که پاهایش خم شد
It was the sister who had rushed to the door
این خواهر بود که با عجله به سمت در رفته بود
She had already stood there upright and waited
او قبلاً آنجا ایستاده بود و منتظر بود
She then jumped forward lightly
سپس به آرامی به جلو پرید
Gregor hadn't even heard her coming
گرگور حتی آمدنش را نشنیده بود
and "Finally!" she called to her parents as she turned the key in the lock
و "بالاخره!" او در حالی که کلید را در قفل می چرخاند به پدر و مادرش زنگ زد
»And now?« Gregor asked himself and looked around in the darkness
«و حالا؟» گرگور از خود پرسید و در تاریکی به اطراف نگاه کرد
He soon discovered that he could no longer move at all
او به زودی متوجه شد که دیگر اصلا نمی تواند حرکت کند
He was not surprised
تعجب نکرد
rather, it seemed unnatural to him that he had actually been able to move with these thin little legs until now
بلکه برای او غیرطبیعی به نظر می رسید که تا به حال توانسته با این پاهای نازک حرکت کند.
Otherwise he felt relatively comfortable
وگرنه احساس راحتی نسبتاً خوبی می کرد
Although he had pain all over his body, he felt as if it was gradually getting weaker and weaker and would finally disappear completely
با اینکه در تمام بدنش درد داشت، اما احساس می کرد که کم کم ضعیف تر و ضعیف تر می شود و در نهایت به طور کامل ناپدید می شود
He barely felt the rotten apple in his back and the inflamed area, which was completely covered with soft dust.

او به سختی سیب گندیده را در پشت و ناحیه ملتهب که کاملاً با گرد و غبار نرم پوشیده شده بود، احساس کرد.

He thought back to his family with emotion and love

او با احساس و عشق به خانواده اش فکر کرد

His opinion that he had to disappear was perhaps even more decisive than that of his sister

نظر او مبنی بر اینکه باید ناپدید شود شاید حتی از نظر خواهرش تعیین کننده تر بود

He remained in this state of empty and peaceful contemplation until the tower clock struck three in the morning.

او در این حالت تفکر خالی و مسالمت آمیز ماند تا اینکه ساعت برج سه بامداد را زد.

He did not experience the beginning of the general brightening outside the window

او شروع روشن شدن عمومی بیرون پنجره را تجربه نکرد

Then his head sank down completely without his will, and his last breath flowed weakly from his nostrils

سپس سرش بدون اراده به طور کامل فرو رفت و آخرین نفسش ضعیف از سوراخ های بینی جاری شد

When the maid came early in the morning, she found nothing unusual during her usual short visit to Gregor

وقتی خدمتکار صبح زود آمد، در دیدار کوتاه معمول خود با گرگور هیچ چیز غیر عادی پیدا نکرد

Out of sheer strength and haste, she slammed all the doors so hard that no peaceful sleep was possible in the entire apartment

او از شدت قدرت و عجله تمام درها را چنان محکم کوبید که خواب آرام در کل آپارتمان امکان پذیر نبود.

despite having been asked to avoid this

علیرغم اینکه از او خواسته شده است که از این کار اجتناب کند

She thought he was lying there so motionless on purpose and was playing the offended party

او فکر می‌کرد که او عمداً بی‌حرکت در آنجا دراز کشیده است و در حال بازی در حزب توهین‌شده است

she trusted him to have all sorts of intelligence

او به او اعتماد کرد که همه نوع هوش دارد

Because she happened to be holding the long broom in her hand, she tried to tickle Gregor with it from the door

چون اتفاقی جارو بلند را در دست گرفته بود، سعی کرد با آن گرگور را از در قلقلک دهد.

When there was no success, she became angry

وقتی موفقیتی حاصل نشد، عصبانی شد

and she pushed a little into Gregor

و کمی به سمت گرگور هل داد

and only when she had pushed him from his place without any resistance did she become aware

و تنها زمانی که او را بدون هیچ مقاومتی از جایش هل داد، متوجه شد

When she soon realized the true facts, she opened her eyes wide

وقتی به زودی حقایق واقعی را فهمید، چشمانش را کاملا باز کرد

She whistled to herself, but did not stay long

با خودش سوت زد، اما زیاد نماند

but she opened the bedroom door

اما در اتاق خواب را باز کرد

and she called with a loud voice into the darkness

و او با صدای بلند به تاریکی زنگ زد

»Just look at it, it died«

"فقط نگاه کن، مرد"

»There it lies, completely dead!«

"در آنجا نهفته است، کاملاً مرده!"

The Samsa couple sat upright in their marital bed and had to overcome their shock at the maid

زن و شوهر سامسا روی تخت زناشویی خود نشسته بودند و مجبور بودند بر شوک خود از خدمتکار غلبه کنند

before it was possible to receive their message

قبل از اینکه امکان دریافت پیام آنها وجود داشته باشد

But then Mr. and Mrs. Samsa, each on his side, hurriedly got out of bed

اما بعد آقا و خانم سامسا هر کدام در کنار خود با عجله از رختخواب بلند شدند

Mr. Samsa threw the blanket over his shoulders

آقا سمسا پتو را روی شانه هایش انداخت

Mrs. Samsa came out only in her nightgown

سامسا خانم فقط با لباس خواب بیرون آمد

so they entered Gregor's room

بنابراین آنها وارد اتاق گرگور شدند

Meanwhile, the door to the living room had also opened

در همین حین در اتاق نشیمن هم باز شده بود

the living room where Grete slept since the tenants moved in

اتاق نشیمن که گرته از زمان نقل مکان مستاجران در آن می خوابید

she was fully dressed as if she hadn't slept at all

او کاملاً لباس پوشیده بود انگار که اصلاً نخوابیده بود

her pale face also seemed to prove this

ظاهر رنگ پریده او نیز این را ثابت می کرد

»Dead?« said Mrs. Samsa and looked questioningly at the maid

خانم سامسا گفت: «مرده؟» و پرسشگرانه به خدمتکار نگاه کرد

although she could check everything herself and even recognize it without checking

اگرچه او می توانست همه چیز را خودش بررسی کند و حتی بدون بررسی آن را تشخیص دهد

I think so, said the maid, and to prove it, pushed Gregor's body a long way to the side with the broom.

خدمتکار گفت، فکر می کنم اینطور است، و برای اثبات آن، جسد گرگور را با جارو به سمتی دراز کشید.

Mrs. Samsa made a movement as if she wanted to hold back the broom, but did not

خانم سمسا حرکتی انجام داد که انگار می خواست جارو را نگه دارد، اما نکرد

Well, said Mr. Samsa, "now we can thank God."

خوب، آقا سمسا گفت: حالا می توانیم خدا را شکر کنیم.

He crossed himself and the three women followed his example

او از خود عبور کرد و سه زن از او الگو گرفتند

Grete, who did not take her eyes off the corpse, said: "Look how thin he was."

گریت که چشم از جنازه برنمی‌داشت گفت: ببین چقدر لاغر بود.

»He hasn't eaten anything for such a long time«
"خیلی وقته چیزی نخورده"
"As the food came in, it came out again"
"وقتی غذا وارد شد، دوباره بیرون آمد"
In fact, Gregor's body was completely flat and dry
در واقع بدن گرگور کاملا صاف و خشک بود
One only noticed this now, as he was no longer lifted by his legs
یکی فقط الان متوجه این موضوع شد، چون دیگر با پاهایش بلند نمی شد
and because nothing else distracted the view
و چون هیچ چیز دیگری حواس نما را پرت نمی کرد
»Come in with us for a while, Grete,« said Mrs. Samsa with a wistful smile
خانم سامسا با لبخندی غم انگیز گفت: «یک مدت با ما بیا، گریت».
and Grete, not without looking back at the corpse, followed her parents into the bedroom
و گرت، بدون نگاه کردن به جسد، به دنبال والدینش وارد اتاق خواب شد
The maid closed the door and opened the window completely
خدمتکار در را بست و پنجره را کاملا باز کرد
Despite the early morning, the fresh air was already a little lukewarm
با وجود صبح زود، هوای تازه از قبل کمی ولرم بود
It was already the end of March
دیگر اواخر اسفند بود
The three tenants stepped out of their room and looked around in amazement after their breakfast
سه مستأجر از اتاق خود بیرون آمدند و بعد از صرف صبحانه با تعجب به اطراف نگاه کردند
Because of what the maid found she had been forgotten
به دلیل آنچه که خدمتکار یافت او فراموش شده بود
»Where is breakfast?« the middle gentleman asked the waitress grumpily
آقای وسطی با ناراحتی از پیشخدمت پرسید: «صبحانه کجاست؟»
The maid put her finger to her mouth and then hastily and silently waved to the gentlemen

خدمتکار انگشتش را روی دهانش گذاشت و سپس با عجله و بی صدا برای آقایان دست تکان داد.

to tell them that they want to come to Gregor's room

به آنها بگویم که می خواهند به اتاق گرگور بیایند

They came and stood around Gregor's body in the now very bright room

آنها آمدند و در اتاقی که اکنون بسیار روشن بود، دور بدن گرگور ایستادند

Then the bedroom door opened

سپس در اتاق خواب باز شد

and Mr. Samsa appeared in his livery, his wife on one arm, his daughter on the other

و آقای سمسا در لیوانش ظاهر شد، همسرش در یک بازو، دخترش در دست دیگر

Everyone was a little tearful

همه کمی اشک ریختند

Grete sometimes pressed her face against her father's arm

گرته گاهی صورتش را به بازوی پدرش فشار می داد

»Leave my apartment immediately!« said Mr. Samsa and pointed to the door without letting the women go

آقای سمسا گفت: «فوراً آپارتمان من را ترک کن!» بدون اینکه اجازه دهد زنان بروند به در اشاره کرد

»What do you mean?« said the middle man, somewhat dismayed, and smiled sweetly

مرد وسطی تا حدودی ناامید گفت: «منظورت چیست؟» لبخند شیرینی زد

The other two held their hands behind their backs and rubbed them together continuously

دو نفر دیگر دست هایشان را پشت سر گرفتند و مدام به هم می مالیدند

as if in joyful anticipation of a great dispute, which had to turn out favourably for them

گویی در انتظار یک مشاجره بزرگ هستند که باید برای آنها مطلوب باشد

I mean exactly what I say, replied Mr. Samsa

آقای سمسا پاسخ داد: منظورم دقیقاً همان چیزی است که می گویم

and he walked in a line with his two companions towards the gentlemen

و با دو همراهش در صف به طرف آقایان رفت

This gentleman first stood still and looked at the ground

این آقا ابتدا ایستاد و به زمین نگاه کرد

as if things in his head were arranging themselves into a new order

گویی چیزهایی که در سر او وجود دارد خود را در نظم جدیدی مرتب می کنند

»Then let's go,« he said and looked up at Mr. Samsa

گفت: «پس بیا بریم» و به آقای سمسا نگاه کرد

as if, in a humility that suddenly overcame him, he were demanding a new approval even for this decision

گویی با تواضعی که ناگهان بر او چیره شد، حتی برای این تصمیم، تأییدیه جدیدی می طلبد.

Mr. Samsa just nodded at him several times with wide eyes

آقای سمسا فقط چند بار با چشمان درشت به او سر تکان داد

The gentleman then immediately walked with long strides into the anteroom

سپس آقا بلافاصله با گام های بلندی به داخل سالن رفت

his two friends had been listening with very steady hands for a while

دو دوستش مدتی بود که با دستان بسیار ثابت گوش می دادند

and they were now jumping after him, as if in fear

و آنها گویی از ترس به دنبال او می‌پریدند

as if Mr. Samsa could enter the anteroom before them and disrupt the connection with their leader

گویی آقای سمسا می تواند قبل از آنها وارد پیشگاه شود و ارتباط با رهبرشان را مختل کند

In the anteroom, all three took their hats from the coat rack

در جلو اتاق، هر سه کلاه خود را از چوب لباسی برداشتند

they pulled their sticks out of the stick container

آنها چوب های خود را از ظرف چوب بیرون آوردند

and they bowed silently and left the apartment

و بی صدا تعظیم کردند و آپارتمان را ترک کردند

In what turned out to be a completely unfounded mistrust, Mr. Samsa stepped out onto the forecourt with the two women

در چیزی که معلوم شد یک بی اعتمادی کاملاً بی اساس بود، آقای سامسا با دو زن به جلوی در آمد.

Leaning on the railing, they watched as the three gentlemen slowly but steadily descended the long staircase

با تکیه بر نرده، سه آقا را به آرامی اما پیوسته از پله های بلند پایین می دیدند.

on each floor in a certain bend of the staircase they disappeared

در هر طبقه در خم معینی از راه پله ناپدید شدند

and after a few moments they appeared again

و بعد از چند لحظه دوباره ظاهر شدند

the further they went, the more the Samsa family lost interest in them

هرچه جلوتر می رفتند، علاقه خانواده سامسا به آنها بیشتر می شد

and everyone returned back into the home, as if relieved

و همه به خانه برگشتند، انگار که خیالشان راحت شده بود

They decided to use today to rest and walk

آنها تصمیم گرفتند از امروز برای استراحت و پیاده روی استفاده کنند

They not only deserved this break from work, they absolutely needed it

آنها نه تنها مستحق این استراحت بودند، بلکه کاملاً به آن نیاز داشتند

And so they sat down at the table and wrote three letters of apology

و به این ترتیب پشت میز نشستند و سه نامه عذرخواهی نوشتند

Mr. Samsa wrote his letter to his management

آقای صمسا نامه خود را به مدیریت خود نوشت

Mrs. Samsa wrote her letter to her clients

خانم سمسا نامه خود را به مشتریانش نوشت

and Grete wrote her letter to her principal

و گرت نامه خود را به مدیر مدرسه نوشت

While they were all writing, the maid came in to say that she was leaving

در حالی که همه مشغول نوشتن بودند، خدمتکار وارد شد و گفت که او می رود

because her morning work was finished
چون کار صبحگاهی اش تمام شده بود
The three writers just nodded at first without looking up
سه نویسنده ابتدا بدون اینکه سرشان را بالا ببرند، سر تکان دادند
Only when the waitress still did not want to leave, they looked angrily at her
فقط زمانی که پیشخدمت هنوز نمی خواست آنجا را ترک کند، آنها با عصبانیت به او نگاه کردند
»Well?« asked Mr. Samsa
آقای سمسا پرسید: «خب؟»
The waitress stood smiling in the doorway
پیشخدمت با لبخند در آستانه در ایستاد
as if she had a great fortune to report to the family
گویی ثروت زیادی برای گزارش دادن به خانواده داشت
but she would only do it if she was questioned thoroughly
اما او فقط در صورتی این کار را انجام می‌دهد که به طور کامل از او سؤال شود
The almost upright little ostrich feather on her hat swayed slightly in all directions
پر شترمرغ کوچک تقریباً راست روی کلاه او کمی در همه جهات تکان می خورد
Mr. Samsa was annoyed by the ostrich feather during her entire service
آقا سمسا در تمام مدت خدمتش از پر شترمرغ اذیت می شد
»So what do you actually want?« asked Mrs. Samsa
خانم سامسا پرسید: «پس واقعاً چه می‌خواهید؟»
the waitress still had the most respect for Mrs. Samsa
پیشخدمت همچنان بیشترین احترام را برای خانم سامسا قائل بود
Yes, answered the maid, unable to continue speaking because of her friendly laughter
خدمتکار پاسخ داد: بله، به دلیل خنده دوستانه او قادر به ادامه صحبت نبود
»So you don't have to worry about how to get rid of the stuff next door«
«بنابراین لازم نیست نگران این باشید که چگونه از شر چیزهای همسایه خلاص شوید»

I'll sort it out, it's fine, she added.

او افزود: من آن را مرتب می کنم، خوب است.

Mrs. Samsa and Grete bent down to their letters as if they wanted to continue writing

خانم سامسا و گرته به سمت نامه هایشان خم شدند که انگار می خواهند به نوشتن ادامه دهند

Mr. Samsa noticed that the waitress now wanted to start describing everything in detail

آقای سمسا متوجه شد که پیشخدمت اکنون می خواهد همه چیز را با جزئیات شرح دهد

but he resolutely rejected this with an outstretched hand

اما او قاطعانه این را با دست دراز رد کرد

But since she was not allowed to tell, she remembered the great hurry she had

اما از آنجایی که او اجازه گفتن نداشت، عجله زیادی را که داشت به یاد آورد

She cried out, obviously insulted: »Adiou everyone,« and turned wildly around

او فریاد زد، آشکارا توهین کرد: «خدایا همه،» و به شدت به اطراف چرخید

and she left the apartment with a terrible slamming of the door

و با کوبیدن وحشتناک در از آپارتمان خارج شد

»She will be released in the evening,« said Mr. Samsa

آقای سمسا گفت: «او عصر آزاد خواهد شد

but he received no answer from either his wife or his daughter

اما او نه از همسرش و نه از دخترش پاسخی دریافت نکرد

because the maid seemed to have disturbed her barely regained peace again

چون به نظر می رسید خدمتکار مزاحم او شده بود، به سختی دوباره آرامش را به دست آورد

They got up, went to the window and stayed there, holding each other

آنها بلند شدند، به سمت پنجره رفتند و همدیگر را در آغوش گرفتند

Mr. Samsa turned around in his chair and watched them quietly for a while

آقای سمسا روی صندلی خود چرخید و مدتی آرام آنها را تماشا کرد

Then he called out: »So come here.«

سپس صدا زد: "پس بیا اینجا."

»Let's leave the old things behind«

"بیایید چیزهای قدیمی را پشت سر بگذاریم"

»please be a little considerate of me«

"لطفا کمی مراقب من باشید"

The women immediately followed him, rushed to him, caressed him and quickly finished their letters

زنان فوراً به دنبال او رفتند، به سمت او هجوم آوردند، او را نوازش کردند و نامه های خود را به سرعت تمام کردند

Then all three left the apartment together

سپس هر سه با هم از آپارتمان خارج شدند

they had not done this for months

آنها ماه ها این کار را انجام نداده بودند

and they took the electric tram to the outskirts of the city

و با تراموا برقی به حومه شهر رفتند

The car in which they sat alone was completely bathed in warm sunshine

ماشینی که آنها تنها در آن نشسته بودند کاملاً در آفتاب گرم غرق شده بود

They discussed, comfortably leaning back in their seats, the prospects for the future

آنها در حالی که به راحتی روی صندلی های خود تکیه داده بودند، در مورد چشم انداز آینده بحث کردند

and it was found that these prospects for the future were, on closer inspection, not at all bad

و مشخص شد که این چشم اندازها برای آینده، با بررسی دقیق تر، اصلا بد نیست

because all three jobs were, something they had not yet asked each other about, extremely favorable

زیرا هر سه شغل، چیزی که هنوز در مورد آن از یکدیگر نپرسیده بودند، بسیار مطلوب بودند

and the jobs were promising, especially for later

و مشاغل امیدوار کننده بودند، به خصوص برای بعد

The greatest immediate improvement in the situation would of course have to come from a change of residence

البته بیشترین بهبود فوری در وضعیت باید از تغییر محل سکونت حاصل شود

they now wanted to take a smaller and cheaper, but better located and generally more practical apartment

آنها اکنون می خواستند یک آپارتمان کوچکتر و ارزان تر، اما موقعیت بهتر و به طور کلی کاربردی تر بگیرند

better than the current apartment, chosen by Gregor

بهتر از آپارتمان فعلی، انتخاب شده توسط گرگور

While they were talking, Mr. and Mrs. Samsa, seeing their daughter becoming more and more lively, thought of something

در حین صحبت کردن، آقا و خانم سمسا با دیدن دخترشان که هر روز سرزنده تر می شود، به چیزی فکر کردند.

almost at the same time they noticed how she had blossomed into a beautiful and voluptuous girl in spite of all the care that had made her cheeks pale

تقریباً در همان زمان متوجه شدند که او با وجود همه مراقبت هایی که گونه هایش را رنگ پریده بود، چگونه به دختری زیبا و شیفته تبدیل شده است.

Becoming quieter and communicating almost unconsciously through glances, they thought that it would now be time to look for a good man for her.

ساکت‌تر شدن و تقریباً ناخودآگاه از طریق نگاه‌ها ارتباط برقرار می‌کردند، آنها فکر می‌کردند که اکنون زمان آن رسیده است که به دنبال یک مرد خوب برای او بگردند.

And it was like a confirmation of their new dreams and good intentions when, at the destination of their journey, their daughter was the first to stand up and stretch her youthful body

و مثل تایید رویاها و نیات خوبشان بود که در مقصد سفر، دخترشان اولین کسی بود که برخاست و تن جوانش را دراز کرد.

www.tranzlaty.com

www.ingramcontent.com/pod-product-compliance
Lightning Source LLC
LaVergne TN
LVHW031749150925
821134LV00042B/1951
* 9 7 8 1 8 3 5 6 6 4 9 6 4 *